产 品 合 格 证

江苏凤凰新华印务有限公司

凡印装错误请向本厂生产质量部调换

地址：江苏省南京市新港开发区尧新大道399号

邮政编码 210038 生产质量部电话：025-68037417

检查员

6

〔英〕沃尔顿

张容——译

钓胜于鱼

Izaak Walton

江苏凤凰文艺出版社

图书在版编目（CIP）数据

钓胜于鱼 /（英）艾萨克·沃尔顿（Izaak Walton）著；张容译. — 南京：江苏凤凰文艺出版社，2018.1
（世界大师散文坊）
ISBN 978-7-5594-0003-1

Ⅰ.①钓… Ⅱ.①艾… ②张… Ⅲ.①散文集－英国－现代 Ⅳ.①I561.65

中国版本图书馆 CIP 数据核字(2017)第 046162 号

书　　名	钓胜于鱼
著　　者	（英）艾萨克·沃尔顿
译　　者	张　容
责任编辑	汪　旭
出版发行	江苏凤凰文艺出版社
出版社地址	南京市中央路 165 号，邮编：210009
出版社网址	http://www.jswenyi.com
印　　刷	江苏凤凰新华印务有限公司
开　　本	880×1230 毫米 1/32
印　　张	6.75
字　　数	167 千字
版　　次	2018 年 1 月第 1 版　2018 年 1 月第 1 次印刷
标准书号	ISBN 978-7-5594-0003-1
定　　价	36.00 元

（江苏凤凰文艺版图书凡印刷、装订错误可随时向承印厂调换）

目录

第一日 001
First day

第二日 043
Second day

第三日 049
Third day

第四日 085
Fourth day

第五日 175
Fifth day

第1
一日
First day

渔夫、驯鹰者和猎人发起了一场对话，各人都赞颂自己的娱乐方式。

渔夫：可算追上您二位了！早上好哇！刚才我一路紧赶慢赶，直到托定林山①才追上你们。现如今正当五月，大早上天清气爽的，我正往威尔②去哪，您二位要是也去那处办事，咱仨就能结个伴儿啦！

猎人：先生，咱们二人大致上顺路——我正要去霍兹登③的茅舍酒店喝上一杯，且约了一二好友在那儿碰头，路上便不打算休息了。不过，要说我身旁这位先生去向何处,我就不知道了;他方才与我结伴同行,我还未曾开口询问。

驯鹰者:先生,您要是不介意,我可以一直陪您走到西奥博兹④;到那之后,我就得改道去拜访一位朋友啦:他替我养着一只鹰,我今儿个想去瞧瞧。

猎人:先生,今早上本就天清气爽,叫人心欢喜,倘若我们三人能同行,岂不更欢喜?你们要是走得快,我就紧赶两步,要是走得慢,我也不慌不忙,只要咱仨能一块儿走,就成;意大利人不是说了嘛,"好友相伴,路途显短。"

驯鹰者:若是路上还能谈天说地,岂不妙趣横生?我看二位面带喜色,谈吐又颇生动,与二位交谈定是乐事一桩;我也必定尽敞心扉,除不可与外人道之事,必知无不言、言无不尽。

猎人:我也正有此意。

渔夫:二位能这么说,我真是再高兴不过了。既然二位都开诚布公,我便斗胆问上一句:这位先生方才说了,他是赶着去看朋友给喂着的那只鹰,那您一大早就形色匆匆的,是去办正事还是找乐子?

猎人:我嘛,兼而有之吧——是有点正事要办,不过主要还是去找乐子的。我打算今天把正事办了,再拿出个一两天专门猎水獭——我此行要见的朋友说,猎水獭远比猎别的要有趣得多,我便打算试上一试。明早我会在阿姆韦尔⑤山区,还能见到萨德勒先生养的那群水獭猎犬;它们一早就得到山上,好避开日出。

渔夫:我略有家底,幸而凡起作乐之心,便常得满足。我此行乃是要花上一两天专猎水獭、为民除害。我对这些毒兽恨之入骨:它们太能吃鱼了——这么说吧,它们太能糟蹋鱼了。要我说,国王就该给水獭猎犬的主子们发些津贴,以表鼓励,好彻底消灭这帮作恶多端的毒兽!

猎人:那咱们国家的那些狐狸又怎么说?是否也该一并消灭?狐狸做的坏事可不比水獭少哇。

渔夫：噢，先生，就算狐狸不干好事，也不至于像那卑鄙的水獭，令我和我的兄弟会损失这般惨重。

驯鹰者：敢问您是哪个兄弟会的？竟如此这般愤恨水獭？

渔夫：先生，我是"渔夫兄弟会"的，因此我与水獭为敌：您可得知道，我们渔夫之间互相友爱，我之所以愤恨水獭，既为着我自己，也为着我兄弟会的弟兄们。

猎人：我嘛，稀罕猎犬。有一回，我跟在几群猎犬后边，一直跟出几里地远，听见好些个开心的猎人们正挖苦取笑渔夫呢。

驯鹰者：我说过啦，自己是个养鹰的。我也听过不少人对渔夫大发怜悯，认为垂钓死气沉沉、无聊透顶，实在是件可鄙之事。说这话的可都是些正经人，从不妄言。

渔夫：您知道的，要取笑一门艺术或是消遣，那有什么难的：无非是抖个机灵、耍点性子、鼓个劲儿，再使点儿"坏"，这就成啦！不过，这些个爱嘲讽的人固然胆大,却也常常落入"聪明反被聪明误"的陷阱。琉善®就是如此:他言语间极尽讽刺挖苦之能事,因而被称作"嘲讽之父"。有人专为他写了这么几句话:

呜呼哀哉琉善!尔以嘲讽为智,实则为愚;讽言常出,则寡智而莽勇;明为讽人,实为贬已。

所罗门®也曾出言抨击善嘲讽之人,称其为"人类之鄙"。倘若这种人冥顽不灵、不知悔改,不妨放任其自流。不过,对我,对所有有德行又爱垂钓的人,这种人是敌非友。

至于这位老兄,您方才说听过不少人对垂钓者大发怜悯,且都是些"正经人",从不妄言。我倒想说,确实有不少人被别人当作不苟言笑、一本正经者;对这种人,我们渔夫既瞧不起又同情得很,因为他们生而愁眉苦脸;而那些好财者,终其一生只为敛财,得财后又忙于守财,终是不得安宁;那些因宿命安排而不幸大富大贵之人,日日奔波劳碌,却不知满足为何物。对这些有钱的"倒霉蛋",我们渔夫可是同情得紧哪!不消借助他人之口,我们渔夫自知自乐。先生,我们垂钓者日日活得心满意足,俗世之烦恼岂能撼动?博学而朴实的蒙田®曾这般"自嘲":"我和我的猫以模仿彼此为乐,共同耍弄一条袜带——谁知究竟是我戏弄它多些还是它戏弄我多些?我想玩便玩,不想则罢,猫亦如此,又怎能认为它傻气?猫与同类之间能互相沟通、辨明事理,这点毋庸置疑;然而,我不懂得猫的语言,又有谁能说这不是种缺憾?说不定,我俩彼此取乐时,它还可怜我脑子不灵光、只晓得与它玩耍,或嘲笑我'出洋相',责备我傻呢。"

这便是蒙田对猫的随想。我也斗胆置批评之辞、发嘲讽之声:切莫让"老夫子们"永远这么"正经"下去——垂钓乃艺术,可得好好听听渔夫自个儿是怎么说的。我已说过,垂钓乃一大乐事,不消借助他人之口,我们渔夫自知自乐。

猎人:兄台一番话着实令人称奇。我无意冒犯:我虽不喜嘲讽人,过去也对渔夫多有轻视,认为他们太能沉得住气,且心智简单。不过,兄台为人倒是大有不同。

渔夫:兄弟,我说话是耿直了些,可别以为我是不耐烦呐。说到"心智简单",倘若您是指我们渔夫于世人无害,像早期基督徒那般单纯又喜静;拥有天赋的智慧,不肯出卖良心换取财富,因而不患得失、不惧死亡;如同往昔的单纯之人——那时候,无需多少律师世间依旧安稳,贵族身份只需一张比巴掌大不了多少的羊皮纸就可授予,而在如今这"聪明多了"的时代,即便几大摞身份证明亦无法使人安心。先生,倘若您这般理解"心智简单"这四个字,我和我的弟兄们会倍感荣幸。不过,倘若您所说的"简单"是指渔夫大体上都有某种智力缺陷,那我可得及时纠正您,还原事实真相。若愿耐心一听,我必消除谣言、时间与偏见强加于您的所有误解,为垂钓这一久负盛名的艺术正名。垂钓这艺术,确是每个聪明人都该了解和践行的。

话又说回来,二位绅士,尽管我对垂钓有的是见解,也不致如此失礼,独自一人长篇大论、滔滔不绝。您二位方才说了,一个爱鹰、一个好犬,我也乐意听听二位对自己的爱好有什么说道;您二位说罢,还请容我再讲讲垂钓的乐趣。这么一来,这路也就显得没那么长了。我提议,爱鹰的这位先生先来吧。

驯鹰者:这个提议好,我举双手赞成。二位且听我道来:

空气是我做买卖的场所;它虽无重量,价值却远胜有重量之物。同为四大元素[①],空气无疑比土壤和水分更为重要——有时我也在地上和水里做买卖,不过,空气才最合我心意——它最常为我和鹰所用,又为我们生发最多乐趣。我的鹰风度高贵,血统纯正,空气不能阻挡其高飞之势,而它那升天之姿,又岂是地上之困兽、水中之痴鱼望眼所能及——困兽与痴鱼身笨体重,断然到不了那般高度。苍穹之中,只见我的鹰群翱翔蓝天,在人眼不能及之处侍奉诸神、喁喁细语。要我说,我的鹰真称得上是朱庇特[①]膝下当之无愧的忠仆。不过,比起它们来,我眼下赶着去看的这只也毫不逊色:这只雌鹰就如代达罗斯之子[②],为展翅高飞不惜以身涉险——纵然双翅可能为烈日所灼,也一心向日而行。这鹰心中有勇,因而无所畏惧;它心中无所牵绊,只顾用灵活的双翅划破长空,直插云霄。在这光辉的征程之中,我的鹰曾飞越至陡之峰、至深之河,对于人类无比景仰与惊奇的高耸尖塔与宏伟宫殿,它却不屑一顾,嗤之以鼻。不过,即便我的鹰飞得再高,只消我一出声,它便心领神会、乖乖落地,食我手中肉,俯首敬我为主,随我回家,次日又乖乖供我取乐,如此往复。

除了能供我做买卖之外,空气本身亦贵重无比,不管什么活物都离不了它——不单单是地上跑的,还有水里游的,凡是用鼻子呼吸吐纳的,就都离不了空气。要是没有空气,就是鱼在水里也活不了——若是不信,大可在冬日结霜时看看不破冰的河里是什么光景。说到底,不管什么活物,只要呼吸一停止,都得立马屈服于造化,直奔黄泉。所以说,空气不单对水里的鱼、地上的兽,甚至对人都重要得不得了。上帝创世之初,正是用一口气赋予了人类生命[③];人若是缺了空气,立马就得登天,为亲眷好友所哀悼,肉身也即刻腐烂。

关于鹰,我就不多说了。除了鹰以外,天空中还有许多种飞鸟,既能为人类所用,又赏心悦目;对于它们,我自然不能片语不提。这些飞鸟肉身精巧,可为人类所食,声音又婉转如天籁,使人精神为之一振。那些白天里满足人们口腹之欲、夜里又用羽毛搭建暖巢的家禽,我暂且不提;不过,对那些身手敏捷的空中"音乐家",那些吟着婉转小调儿、令艺术家都感到惭愧的小小生灵,我可得好好褒扬一番。

先说说百灵鸟吧。百灵鸟若是想悦人悦己,便会腾空而起,一边展翅高飞、一边纵声歌唱;不过,一曲天籁歌尽,它便复又缄默——虽不愿堕入尘世,却终须回归乏味之地,难免平添伤感。

画眉和鸫鸟的迎春之歌何其婉转!其风华正茂之时,又有何种抚琴之技、奏乐之器能与那悠长的吟唱相比!

还有那些更小的鸟类——云雀、小白灵、小红雀和那永爱人类、至死不渝的诚实知更鸟,它们在属于自己的时节里亦会引吭高歌。

还有那空中的夜莺,用丝弦般动听的歌喉吟唱优美而洪亮的旋律。世人倘若有幸聆听,必以为人间奇迹尚存。夜半时分,劳碌者已沉沉睡去,而尚未入眠之人,倘若听到夜莺曲调之清脆、高音之甜美、声调起伏之自然、音量加迭之反复,或许会有飘飘欲仙之感,乃至感叹:"主啊!这仙乐既供奉天上诸神,也福泽尘世愚氓!"

正因如此,对意大利现存鸟舍数量之多,我并不感惊奇,而瓦罗[13]鸟舍之震撼,亦在我意料之中。瓦罗鸟舍的废墟尚存罗马境内,至今盛名不衰——异国游客将其视作罗马的必看景点之一,归国后或是为其写下片语,或是留于记忆。

方才所说皆是供赏玩的鸟类;关于它们,只能说言之不尽。接下来,我便讲讲为政事所用的鸟类。毋庸置疑,燕子曾接受人类训练,可在两军之间传递书信;可以确定的是,土耳其军队包围马耳他或是罗得岛州时[14](我记不清是哪个了),鸽子曾传递往来书信,这一点史册有载:乔治·桑蒂斯[15]在他的《游记》中,就曾描述鸽子往返阿勒颇[16]和巴比伦[17]间传递信件的情境。倘若你觉得这些不可信,至少也能确定鸽子曾助诺亚一臂之力:茫茫大海之中,诺亚无力辨识陆地的位置,因而将鸽子放出舟外,助其探陆;事实证明,鸽子确是忠实可靠的信使。基督教祭祀的律法中,一对斑鸠或乳鸽可被当作祭品,以代替昂贵的公牛和公羊[18];

当上帝供养先知以利亚⑳时,也曾奇迹般利用乌鸦完成了使命——乌鸦每日早晚为以利亚送来肉食,供其食用㉑。最后,就连圣灵降临在主身上时,也是以鸽子的形态出现的㉒。总而言之,请务必记得,这种种奇迹皆由空中的飞鸟实现,且正是因为身处空气之中,我与诸鸟方能如此欢欣雀跃。

空气之中,还有一种体型微小乃至人们不屑一提的带翅生物,那就是辛勤的蜜蜂。蜜蜂节俭、严谨且精于"治国"。它们种类繁多,生产的蜂蜜和蜂蜡食用、药用功效绝佳——这些断不是三言两语就能道尽的。不过,这些我暂且不提,且让这些小家伙辛勤劳作吧,切莫打扰它们——在这繁花遍开、绿草如茵的五月清晨,它们必定正忙碌不休呢。

我扯得有些远了,还是再聊聊鹰吧。须得注意,我们通常将鹰分为两类,一类为长翼,一类为短翼。在我们国家,人们驯养的长翼鹰主要有这么几种:

雌的和雄的矛隼、猎鹰、兰纳隼、伯克莱鹰、猎隼、灰背隼、燕隼;产于西班牙的斯泰里托鹰;土耳其的血红秃鼻乌鸦;瓦斯凯特鹰。

短翼鹰的品种主要有:

雌的和雄的雕、苍鹰、雀隼和枪鹰;以及两种法国灰伯劳鹰。

以上都是血统高贵、价值不菲的品种。此外,也有些等级略低的品种,如:

红隼,铃尾鹰,渡鸦和秃鹰,叉尾鹰和秃头雕。

还有些像"拉鸡贼(白尾鹞)"这样的货色,不提也罢。

二位兄台,倘若我能再多说上一会儿,聊聊幼鹰、刚离巢的雏鹰、小鹰、未驯的鹰和两种兰特纳鹰,谈谈鹰的各类巢穴、小鹰脱毛、吐毛和生新毛的习性,再说说熬鹰[2]、饿鹰[3],还有鹰的奇谈,倒是可以自得其乐,不过,只我一人滔滔不绝,终归是对二位的不敬。我便不再赘述了。猎人兄弟,您既如此钟爱狩猎,还请您谈谈这其中的乐趣;若是时间允许,望二位再容我讲讲方才未竟之事,不过,眼下我就先不提了。

猎人:那好,我便来说上两句。兄台方才对空气推崇备至,我便不妨夸赞土地一番。土地正是我作乐的场所,保我康健,促我食欲。土这元素既坚又稳,对人与兽可谓有百益而无一害。大地上有的是供人玩乐的花样:可赛马亦可狩猎,时嗅草木香,时而信步游。大地作物丰饶,令世人果腹,又供养兽类以飨人口腹之欲、作乐之瘾。倘若豪猎一场,将那雄壮牡鹿、肥硕公鹿、狂暴野猪、奸诈水獭、狡猾狐狸和怯懦野兔收归囊中,该是何等兴奋!即便是些"不入流"的乐子,好比设个陷阱捉臭猫、鸡貂、雪貂和臭鼬这些寄居地表和地下的害兽，又是何其欢乐啊！大地馈赠世人以草木、花朵与果实，除果腹又怡人心情。依我看，大地最慷慨的馈赠当属果实酿制的美酒：只消小酌几杯，便可令我神清气爽，心旷神怡，才思泉涌。倘若大地之母吝于给予，克里奥佩特拉③又怎能用八只烤全猪与其他肉食宴飨马克·安东尼④呢？且不论大地喂养了象这庞然大物，即便是那渺小的蚂蚁，亦为大地之母引为佳例，授人以理：小小蚁类未雨绸缪，夏储冬粮，岂非人类之效仿典范！大地喂养马匹，任其驰骋，世人方得以驰骋于马背之上，南征北闯。倘若时间允许，您又乐于一听，我必将为大地穷尽赞美之辞。若无大地为缚，人与诸兽必为狂暴之海所噬，而每日斗胆入海之人里，必有不幸船毁人亡，葬身鱼腹者。倘若世人贤明，就应止步陆地，绝不逾越一步，在地上行走动、交谈、生活、进食、饮水、狩猎诸事——说到狩猎，我可得多说两句，然后渔兄便可为垂钓美言。

狩猎乃皇家之乐事，受达官贵人追捧。自古以来，世人便对狩猎不吝赞美之辞：在《居鲁士的教育》中，色诺芬⑤曾将狩猎列入居鲁士大帝⑥的诸多技能之中，称其为一名野猎手。出身贵族之人，倘若年少时幸得狩猎训练，成年时便豪气冲天，颇具大丈夫气概——试问世间有何能比狩猎野猪、牡鹿、公鹿、狐狸或野兔更具男子气概呢？而对于保健壮体而言，狩猎亦具奇效。

再说猎犬——世间种种赞美之辞，始终万一不及。猎犬嗅觉出众，令人惊叹人：但凡嗅得一味，便切切追踪、不离不弃，即便途中多有其他气味干扰，有时又需涉水入土，也绝无放弃一说。而当群犬齐吠时，那声响仿若仙乐，令人心悦之、耳乐之。公鹿成群出现时，出色的猎犬会"挑出"其中最强壮者，单单对这一个穷追猛打，于鹿影幢幢之中也绝不迷失目标，克敌方休。我也豢养着一群猎犬，犬一吠，我便知它们心中所想，而犬与犬之间亦能互相交流，与人类无异。

011

关于狩猎,在下还想多美言几句,猎犬血统之高贵、寻常犬类品性之温驯,更是值得夸赞一番;还有那些成分、族群、体型和构造与人类最为相近的陆地生物,尤其是《摩西五经》允许犹太人食用的那些偶蹄、反刍动物,我都想细细道来——不过,我暂且先不提了,以免对渔兄不敬——还得请他得空讲讲垂钓的好处呢。渔兄将垂钓奉为艺术,不过,这"艺术"显然绝非什么难事。鹰兄,恐怕渔兄之言难免寡味,还望渔兄莫长篇大论、讲个没完。

驯鹰者:我也愿渔兄长话短说,不过这恐怕不容易。

渔夫:二位兄弟,切莫被偏见蒙蔽了心智。诚然,我的话语恰似垂钓本身,安静且祥和;除赞美上帝、向他祈祷之外,我们渔夫鲜少将主的名字挂在嘴边。有些人在作乐时莫名其妙地就念叨起主来,简直就像在演什么戏法。我可得说,我们渔夫断没有这种毛病;我们顶反对这个。不过,还请二位记住,我无意批评任何人;我既不想说些寡淡无味的话,也不会随意添油加醋一番。我也必不会为凸显自己的爱好就去贬损别人的。好了,闲话不多说,且听我细细道来。

水是我做买卖的场所。水是创世时最早的产物。神的灵起初是在水面上行动的,而上帝也曾令水生发万千生灵;倘若世间无水,那些陆地上的活物,即便鼻孔中气息尚存,也必即刻走向腐烂。摩西是伟大的立法者与哲学家;他精通有关埃及的一切,被尊为"上帝之友"。摩西能体察上帝所想,因而将水命名为创世的第一要素。水正是神的灵最初行动的媒介,也是上帝创世时主要的原料;许多哲学家以水来解释其他元素,他们中的多数也承认,水是一切生物构成的重中之重。

有人曾宣称世间万物皆由水构成,因而也能化归为水。为证明这一点,便做了个实验:

取一株柳树,或其他生长迅速的植物也可,这植物需是刚在一箱或一桶土壤中扎根；待植物开始生长前，先将其与土壤一同称重，第一次抽根后，再称重一次，发现植物重了一百磅，而土壤却一丁点儿也没轻。据此，人们推断，植物增重源于雨露，而非任何其他元素；人们还断定植物新生的部分仍可化归为水，且对动物或蔬菜而言，亦是如此。在我看来，水之仁慈大义，尽显于此。

水生万物之能力居于土壤之上。不，若无雨露滋润，土地又何谈"生万物"之说？一切花草果实，唯有生于水畔方可茂盛；就连矿石，亦由地下溪流滋养：溪流携矿石奔流至高峰，又化作几股飞流直下——这一点，矿工于劳作中日日可见，亦可为证。

不仅如此，水生动物数量不断增加，不单令人啧啧称奇，更为世人大增裨益，既可延年益寿，又可预防疾病：最为博学的医生们称，正因人们摒弃了大斋节⑧和其他吃鱼的节日，我们国家才会有这么多人不时患上疟疾，浑身恶臭，颤抖不停，而那些"博学、虔诚且睿智"的学府奠基者们却不曾察觉这一点，简直令人蒙羞；也正因如此，比起那些以蔬菜、沙拉和鱼肉为食的明智国家，我国难免国势萎靡，强健不足。文中亦有载，最为强大的国家都以鱼为民之食。须记得，《摩西五经》可是将鱼指定为有史以来最佳国度的主食呢！

世间不仅有名为鲸鱼的巨鱼，竟有三头大象之巨，作战凶猛，且世间最为壮观的宴席亦为鱼宴——罗马帝国极盛之时，鱼类曾"称霸"各大宴席，集万千宠爱于一身；不单是鲟鱼、七鳃鳗和鲻鱼上桌时专有乐声助兴，罗马人购鱼时出手之阔绰，亦令人叹为观止。这些在马克拉比⑨和瓦罗的书中都有所记载——倘若读过这两人的书，对于罗马人的鱼塘、鱼类价值之巨，想必也就不难相信了。

哎呀，二位兄弟，我竟有些忘乎所以了——每每发此哲语，我总不免如此。近日我有幸与沃顿博士⑩相见：他学识渊博，既乐于与我为友，又爱垂钓；方才讲给二位的，我也差不多都曾讲与他听过。不过，这些东西终归有些深奥，还是莫

013

要谈了吧,不妨说说那些令人更有兴致的,免得言多必失。不过,我要讲的还是水——众所周知,水对人类毕竟大有裨益嘛!

且不提浸泡温泉的种种奇效,就是人类日日出行,靠的都是大海助力;倘若世间无海,世人何以为继?大海以食材果人腹、以养分强人体,以海寓理之言,更是智者不可或缺的"良药"!

世人曾何等愚昧,竟不知佛罗伦萨®之美,不知新、老罗马城内外林立的纪念碑、骨灰瓮与奇珍异宝之巨——据说要遍览这种种遗迹,即便只是匆匆一瞥,也得用上一年光景。难怪博学虔诚的圣杰罗姆®在许下面见耶稣肉身和亲听圣保罗®布道两个愿望后,又许下第三个愿望,愿一睹罗马极盛时的风采——这风采尚未尽失,现今犹存:史家英杰李维®、雄辩奇才特莱®之遗迹仍可睹,维吉尔®的墓上,新生的月桂树亦飘香。对好学之士来说,一睹这尚存的风韵已是一大乐事;而对虔诚的基督徒而言,能眼见圣保罗所乐居的寒舍、那刻画其生平轶事的众多雕塑,又是何其有幸!若是能拜访圣彼得®与圣保罗合葬之处,这荣幸,说是三生难遇亦不为过啊!凡举此类遗迹,皆出自罗马内外。倘若能亲见伟大的救世主道成肉身、与人交谈的寒舍,去膜拜那锡安山,那耶路撒冷,那我主耶稣的坟墓,又能令虔诚信教者何等满足!若能目睹每日信徒对耶稣之虔诚示敬,热情必在基督徒心中生发高涨。二位兄弟,我未免忘乎所以,我便就此打住了。只请二位记住:倘若世间无水,这贫瘠大地的万般生灵必不知世上曾有如此神迹,且现今留存于世。

兄弟啊,每每谈及水,我总不免夸夸其谈,进而忘乎所以。据说万能的主曾对一条鱼说话,却从未对兽讲过只言片语;主还曾以一头鲸为船,为先知约拿保驾护航,送其安全抵达主指示的海岸®。尽管我乐意一一道来,未免失礼,也不得不住口了——我已经瞧见西奥博兹啦!讲了这么久,二位兄台也未曾不耐,多谢

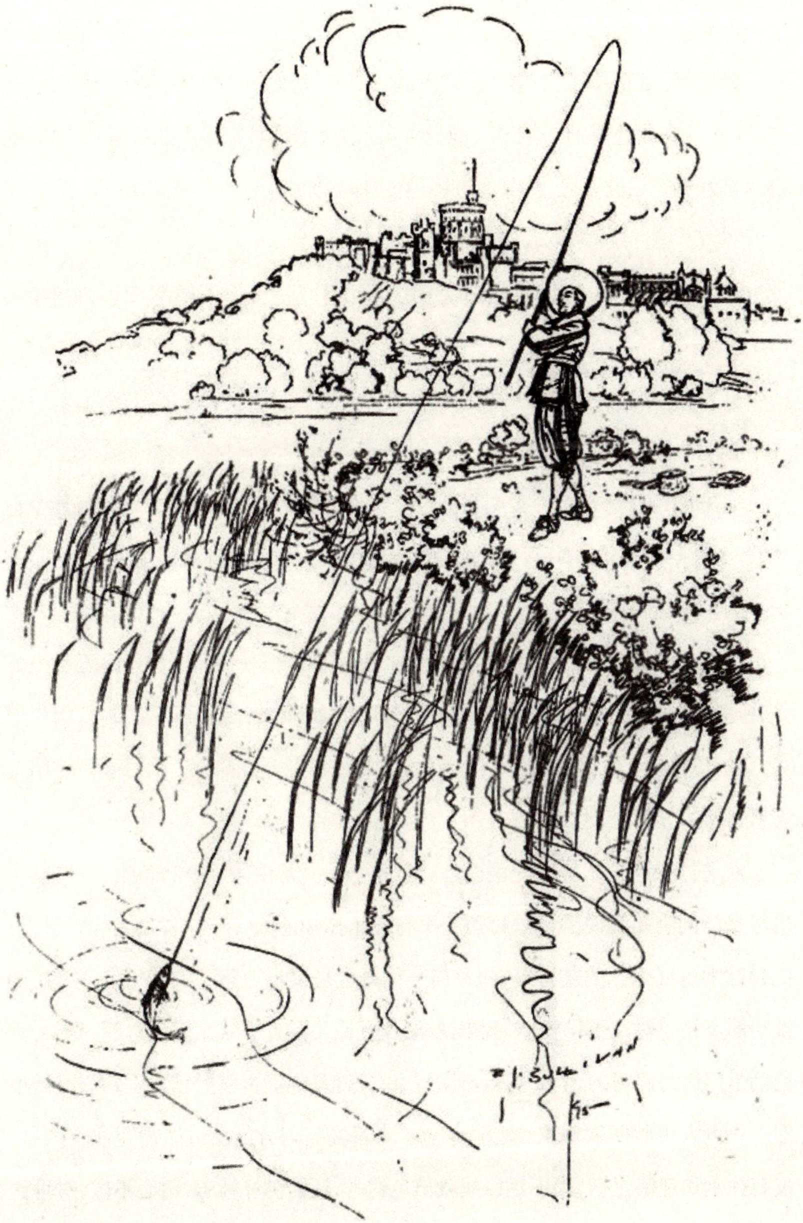

海涵。

驯鹰者：渔兄，区区小事，何须"海涵"二字。对你所讲之事，我全无异议。不过，我必须在此处作别二位了。渔兄大可放心，不管对您本人还是垂钓之术，我都尽是好感。二位老兄，就此别过了，愿主保佑你们。

渔夫：猎兄，眼下还有大把时光，我愿洗耳恭听，你不妨继续讲讲捕猎之事吧。

猎人：不，渔兄，你方才讲垂钓一事自古有之，且技艺精纯、不易习得，简直令在下心驰神往，还望细细道来。

渔夫：猎兄，我方才确实这么讲过。我也并不怀疑，寥寥几刻之谈就能令你如我一般乐于垂钓之事，只因垂钓不仅自古有之，且其本身就值得推崇；凡是有识之士，都应研习垂钓之术。

猎人：兄弟，凡你觉得可讲之事，但请言无不尽——我们还需走上五英里方能到达茅舍酒店呢。我保证，这一路上必定凝神倾听，绝无不耐。倘若如您所言，垂钓确是门艺术，且有研习之价值，还请允许我跟随您一两日，"偷师"这门为您所盛赞的艺术。

渔夫：兄弟啊，切莫怀疑垂钓是门艺术——就是用假蝇令鳟鱼上钩，这其中也尽是学问啊。我说的可是鳟鱼——鳟鱼比你知道的任一种鹰目光都更敏锐，比起你那勇猛无比的灰背隼，鳟鱼简直称得上是步步为营、谨小慎微！不过，要说给朋友钓一对儿当早餐，对我来说嘛，倒还真不是什么难事。所以啊，兄弟，垂钓确是门值得研习的艺术，这点毋庸置疑；关键是你能否掌握它。垂钓与赋诗相似——世人生而便欲垂钓、赋诗，不过二者都需研习方能精进。需要注意的是，仅有探索和观察之智，尚不足以成就出色钓术，还需满怀壮志、耐心不倦，对垂钓之事怀有热望,方能成事。一朝钓术在手、炉火纯青,则再无须怀疑,垂钓必会充满乐趣、怡人心情,且垂钓如美德一般,本身就是最好的回报。

猎人:老兄,我简直是迫不及待啦!就按您说的,快些道与我听吧!

渔夫:那便从垂钓的历史讲起吧。垂钓自古有之,我浅谈一点辄止:有人说,垂钓之术与丢卡利翁的洪水[®]同寿;有人说,敬神德行之父柏罗斯乃钓术的发明者;有人说,古时便有记录垂钓历史的文章——亚当之子赛特[®]曾将垂钓之术教与后代,而后代又将钓术代代相传,生生不息;还有人说,赛特曾树起柱子,将垂钓之术与数学、音乐等宝贵知识镌刻其上——许是因着上帝的旨意,加以赛特勉力为之,终得以将这些知识与技能留存,不致丧失在诺亚洪水之中。

我援引的乃是几家之言——他们这么说,许是想为垂钓扬名立万,因而不免言过其实,使得垂钓听上去历史更久远些似的;不过,要说这些都是事实,也不是全无可能。要我说,垂钓的历史可远比耶稣道成肉身早得多:《阿摩司书》[®]中就曾提到鱼钩,而在据说由摩西所撰、时间上远早于《阿摩司书》的《约伯记》[®]中,亦对鱼钩有所提及,这就说明,渔夫在那时就已存在。

尊贵的朋友啊,我宁愿追求君子风度,以博学谦恭、果敢坚定、克己复礼、高风亮节、与人为善之姿入世,也不愿炫耀家财,或是因自己寡德,就仗着祖先的德行一番吹嘘。不过,倘若本就出身大户、宅基久远,又幸得上述种种德行加身,岂非加倍的荣耀!我虽无意为垂钓加史,不过,恰似家族渊源能令人得志,若我所热爱与践行的垂钓之术也能因历史久远而幸得荣光,我的无心之谈也就算得上好事一桩了。关于垂钓的历史,我言已至此,不再多述,还是讲讲垂钓值得褒奖之处吧。

言及此,便不得不提古时的一场争论,这争论至今悬而未决:沉思和行动,究竟哪个更能令世人快乐?支持沉思者称凡人可通过模仿来接近上帝,与上帝越亲密，人们就越快乐。这些人还称，上帝自娱的唯一方式便是沉思自身的无限、永恒、力量与良善。为此，许多学问渊博、虔诚信教的修士皆更青睐沉思。许多神父似乎也同意这一观点，对主和马大之间的对话[e]做出了类似的评价。

相反，推崇行动者也不在少数，且不乏有威信之士。这些人的论据不外乎如下：医学实验的成果得以应用，既能为人类提供便利，又助人延年益寿；只要肯动手，人人皆可于世有功，或保家卫国，或施助他人。这些人还称，行动可教诲世人，授其艺术与品德，维护人世秩序。正是因着类似的原因，这些人对行动更青睐有加。

世人既有这两种观点，我也不再另辟蹊径，妄添一家之言；不过，可以肯定地告诉老兄你，这两种观点实可并存——二者恰并存于至诚、至真、至静、至善的垂钓之术中。

对此，有些人颇有己见，我不妨先讲与你听：河畔最为宁静，不单是沉思的最佳场所，且总能吸引渔夫前来——这一结论曾为博学大家彼得·穆兰[f]所印证：穆兰在描述预言成真之事时，曾提到每每上帝欲向先知揭示未来事件、或发出旨意，必将先其带至沙漠或海滩，隔离于凡人俗事之外，了无牵挂，稳其心志，心平气和，方才显灵。

以色列的子民似乎也效仿了此举：处境悲惨时，子民心中哀痛，面上无笑容，乐器声不响；他们将竖琴架于巴比伦河畔的柳树之上，于河畔席地而坐，为锡安[g]的废墟而哀鸣，沉思处境之悲。

一位西班牙智者曾说："水中生灵引智者沉思，亦任愚人漠视。"我确不敢自夸为智者，倒也不愿跻身愚人之列。面对河流与群鱼，我也曾生发短暂思绪，今日愿讲与兄台一听，必会令你有所感触——那时，河水静静流淌，河岸遍开鲜花，我安坐于河畔，正是这思绪平添许多欢乐，任我思绪蔓延：

我先想到的是河流。历史上,无数诚信可靠之人或是口述、或是笔耕,为河流与其中的生灵生发惊叹之辞。依着这些笔者或说者的口碑,我们无须质疑真假。

伊庇鲁斯有一条河流,会将点亮的火炬熄灭,将熄灭的火炬点亮。饮了这河水的人,有的发了疯,有的醉了酒,还有的狂笑至死。亦有一河名塞拉鲁斯,仅用短短数时便可将木棒变为石头;卡姆登称在英格兰和爱尔兰的拉赫穆尔地区也发生过类似情况。阿拉伯半岛上有一条河,凡是饮了那河水的羊,毛色必变为朱红。有威信不逊于亚里士多德者称,有一河名为埃鲁斯娜,常常"快乐"无比,会随着乐声起舞——音乐一旦响起,它便气泡翻滚、翩翩起舞、泥沙奔腾;乐声一旦停止,它旋即回复惯常的安宁与澄净。卡姆登还称,靠近威斯特摩兰的柯比地区有一口井,井水每日涨退数次;萨里有一条名为"鼹鼠"的河,这河奔流数里,一旦为高山所阻,便借道或取道地下,奔驰一番后再突破地表、重见天日;正如西班牙人夸耀阿努斯河一般,当地居民也以鼹鼠河为傲,自称是在桥上放羊。为不招致令您的厌烦,容我最后再举一例:约瑟夫斯乃犹太人中智者;有威信不逊于他的,称朱迪亚有一条河流,每周奔流六日,却在安息日整日静止不动,休养生息。

关于河流,我便不再多言。接下来要讲的是那水里生、水里长的鱼类,或说有些人口中的"怪物"吧。哲学家普林尼曾在其著作第九卷的第三章中称,印度海中有一生物,名"露脊鲸",也称"漩涡",体长且宽,若以占地论,可占两英亩土地之巨;还有其他的鱼,体长两百腕尺;此外,恒河中还生有长三十英尺的鳗鱼。普林尼说,唯有当风暴与岩石上落下的水流相抗、水底之物被搅到水上时,方才说的这些"怪物"才会露面。普林尼还说,此处附近有一小岛,名卡德拉,岛民将这些怪鱼的骨用作筑屋之材;有时,可见到逾千条巨型鳗鱼相互交缠的情境;海豚似乎极喜音乐,大人和孩子若常给海豚喂食,便也算得上"熟人"了,只要

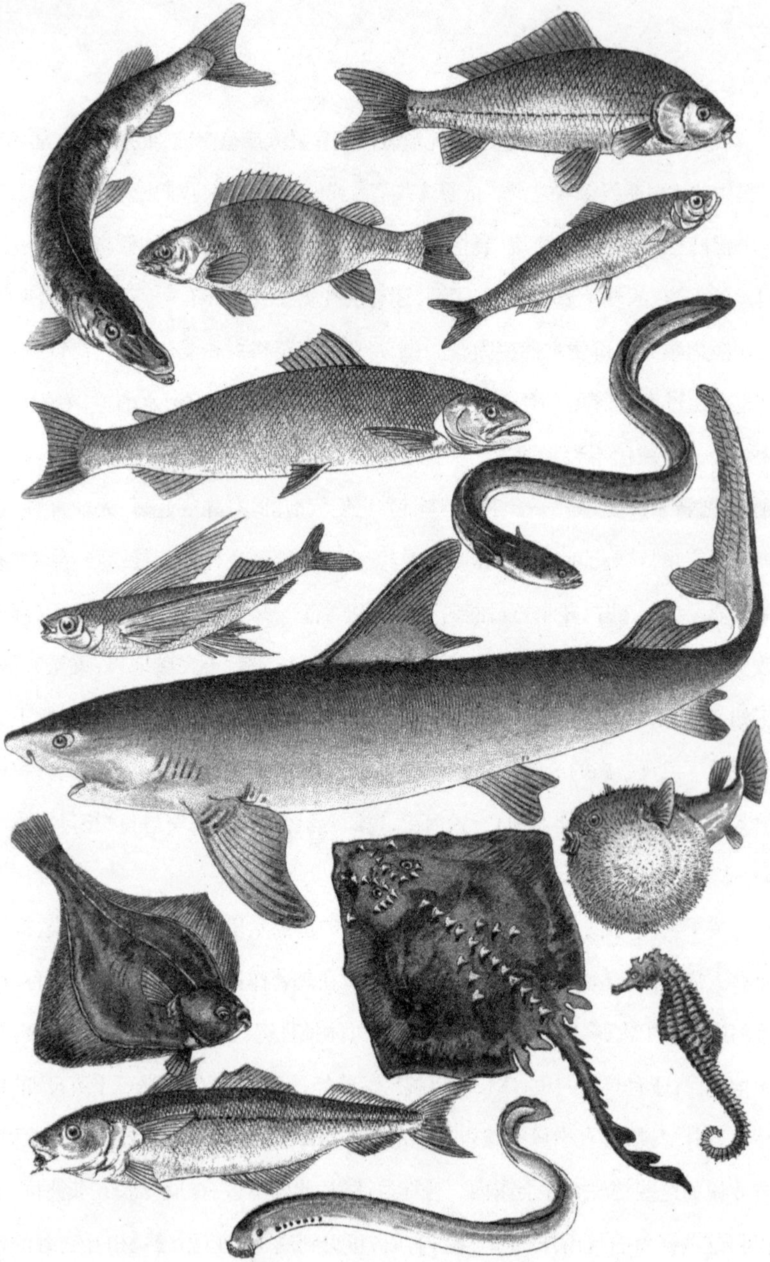

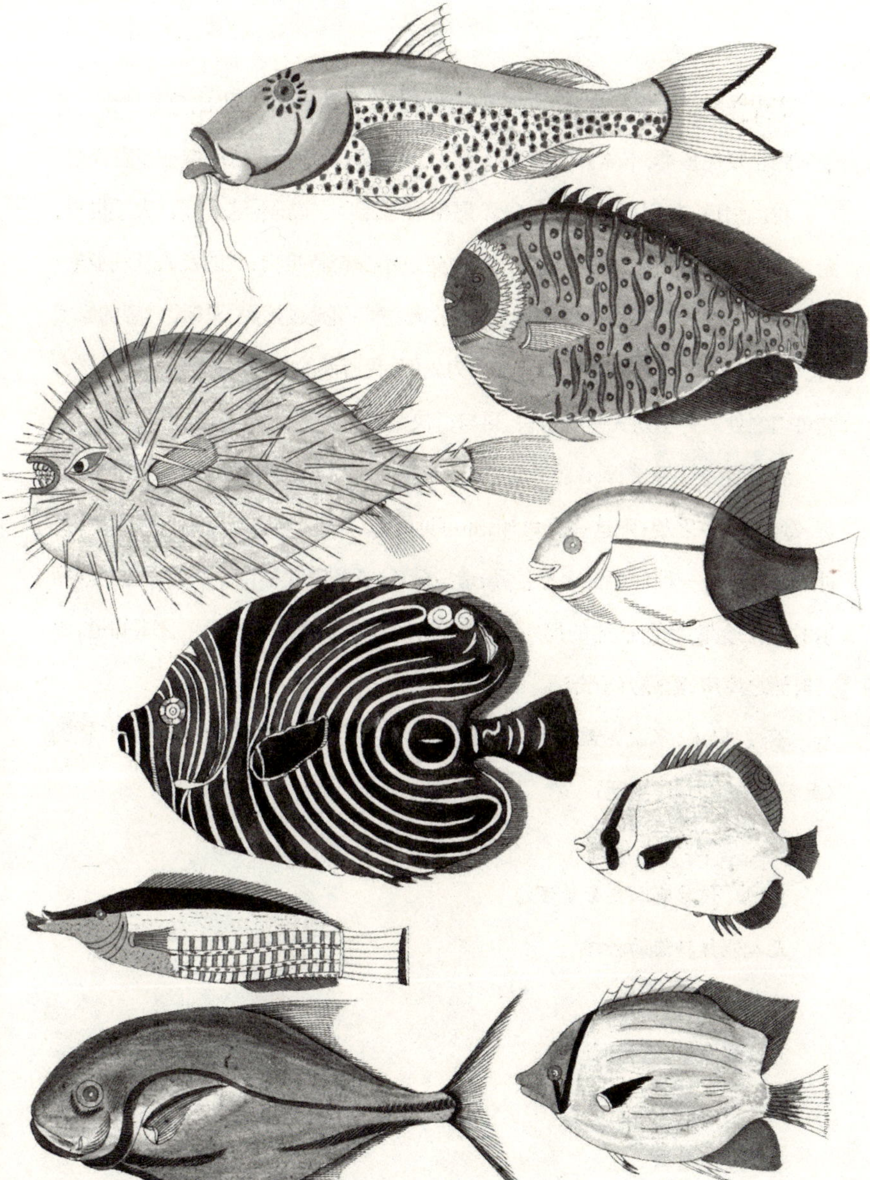

听到"熟人"在岸边呼唤,海豚便会游近。海豚游速之快,堪比急箭出鞘。关于海豚和其他鱼类,卡索邦[*]在1670年自行出版的《轻信与多疑》中亦多有描述。

我也知道,我们既是岛民[*],便不愿相信这怪鱼之说;不过,所谓"大千世界,无奇不有":约翰·特雷德斯坎特[*]就曾收集过不少奇特生物;我的友人艾利亚斯·亚修摩尔[*]先生亦有此好,并将自己的"收藏"养在伦敦附近兰贝斯区[*]旁的家宅内,小心照料,井井有条。既有他二人为先例,我所说的"奇闻异事",总归也该有些可信之处。你不妨先听我讲讲,再自行决定相信与否。

倘若置身于亚修摩尔之宅邸,便可一窥猪鱼、狗鱼、海豚、兔鱼、鹦鹉鱼、鲨鱼、毒鱼、剑鱼之貌;除这些奇鱼外,亦可见蝾螈、几种藤壶[*]与塘鹅、极乐鸟[*]、几种蛇与鸟巢——种种生灵形态各异、造型精巧,直教啧啧称奇。倘若看过亚修摩尔的数百珍藏,我所描述的那些珍奇物种,便也不显虚实难辨了。你得知道,水乃自然之库房,贮藏万千奇观。

不过,兄弟,多说无益。为防你起厌烦之心,我便以"诗圣"乔治·赫伯特[*]的《沉思主之神力》作结吧:

主啊!何曾有人充分赞颂您

无人能传扬您的神迹

唯您一人独知

无人能历数您的神迹

唯您一人独知

因您一人独具

您之神力与爱同齐

世间众人无所不知

超乎尘世之外

别具奇异之美

世间万物皆有尽

而您与天同寿

至圣之灵

吾代吾与众友

向您献上赞词

吾已蒙恩

便应偿恩

先知大卫[13]曾著赞美之诗,亦对鱼有所描述;其赋诗造诣可谓登峰造极,甚至超越了自己先前的高度:他描述河海鱼类时惯用隐喻,个个皆精挑细选,惯于沉思的读者亦深感惊奇。伟大的博物学家普林尼[14]也曾说,"自然之神力,显于海洋更甚于陆上。"对此,居于水中或水畔的诸多生物即是最佳例证;倘若读过格斯纳[15]、龙德莱[16]、普林尼、奥索尼乌斯[17]和亚里士多德等人的著作,也会对此有所了解。不过,我还想引用尊贵的德·迪巴尔塔斯[18]之言,为我的论述增色:

上帝令河海中生出诸多鱼,个个不同,状貌各异;因此,水中可窥得各式生灵,陆上生物亦在水中有迹可循,如举世浸于深水之中。大海如天,也有日月星辰;大海如空,同有燕子、乌鸦和椋鸟;大海如地,亦有藤蔓、玫瑰、荨麻、瓜果、蘑菇、香石竹、紫罗兰,加之数千万更珍奇者,与鱼一同水中欢;还有公羊、牛犊、马、野兔、猪、狼、刺猬、狮子、大象和狗；另有男人和女人，最令我惊异者，当属戴着冠的主教、裹着头的修士——这些几年前都曾于挪威和波兰皇室展出。

我所述种种皆似奇观，然博学有信之人多加证实，倒也毋庸置疑。鱼类固然数量众多、外形各异，但其本质、性情与行为更是大有迥异，值得深思。还望您秉持耐心，听我细细道来：

渔夫善用鱼线，乌贼亦如此：乌贼能从喉中喷出一大截肠子，这肠子还能任意伸缩。倘若有小鱼接近，乌贼便藏身砂砾之中，任由小鱼啃咬肠梢；与此同时，再一点点将小鱼"勾"近自己，好跃至其上、一举抓获，吞吃入腹——正因如此，有人也称乌贼为"海中渔夫"。

有一鱼名为"隐士"，长到一定时节，便会进入死鱼的外壳，像个隐士般居于其中，还能根据风向和天气调整壳的位置，免遭伤害。

还有一鱼名"阿多尼斯"，也叫"海之宠儿"：之所以得名如此，是因其生性温和无害，绝不伤任何生灵，与浩瀚海洋中众多生物和平共处。说实话，在我看来，多数渔夫对大多世人亦无恶意。

鱼类亦有荒淫与贞洁之分，我不妨举几个例子：

德·迪巴尔塔斯曾提到一名为"萨古斯"的鱼；要说对这鱼的描述，无人能出其右，我便还是引用他的原话吧——迪巴尔塔斯之言皆有据，多以伟大、勤劳的自然探秘者为参照，因此，即便他写的是诗，亦无可质疑处：

萨古斯鱼，荒淫无比

溪流深处，日日易妻

淫欲滔天，胆大妄为

河洲绿茵,垂涎羊妻

羊夫有角,何必乱"搅"?

迪巴尔塔斯还为"康萨罗"鱼作过诗:

今有康萨罗,不似萨古斯

但凡"婚事"举,誓对妻忠诚

贞洁度终生,断不娶二妻

兄弟,我的话是长了点,总算说完了。

猎人:老兄,您不妨接着说下去吧。您的话似乐音般动听,当真令我凝神不已。

渔夫:既然如此,我便冒昧多说几句,或说给您提个醒,可别忘了斑鸠那茬儿:斑鸠天性静默,虽不声不响,却矢志不渝、忠于爱侣;如色雷斯[®]的妇女一般,斑鸠以比配偶长寿为耻,且深以为然;倘若寡者再觅配偶,那么无论它是雌是雄,不论生者还是死者,名声皆会毁于一旦。

为教授世人道德信仰、好不逊于斑鸠这陆上奇珍,为谴责那满口宗教却不事诚信之举甚至比不上鱼、禽忠实之人,也为惩罚那侵犯律法之人——圣保罗誓将律法刻于这些罪人心中,待审判之日时,罪人必万劫不复——且听听迪巴尔塔斯是怎么唱的吧。他歌颂婚姻坚贞,那乐声,倘若传入贞洁之耳,必如乐音般美妙动听。且听听他是如何赞美鲻鱼的:

若论爱之忠贞,谁出鲻鱼其右? 渔人捉其偶,怒而追其后,生死两相随。

与此相反,家养公鸡会踩任意一只母鸡的背[㉒];且公鸡不像天鹅、山鹑和鸽子那样:它从不操心孵蛋的事,也不喂养、照看自家的小雏儿,小雏儿没了也漠不关心。相比之下,母鸡则大为不同:母鸡亦与公鸡任意交配,恐怕并不认得哪些小雏儿是自己的,却因天性道德使然,对小雏儿悉心照看、倍加爱护——如此高尚母爱,实乃难得,于是,主向耶路撒冷示爱时,便以母鸡为典范,恰似天父援引约伯[®]示例耐心一般。

世间有多种多样的鱼,品行与公鸡相似:它们将自己的卵弃于菖蒲或石头之上,任其裸露在外,被害虫或其他鱼类所食。不过,世间的鱼类并不尽如此:与公鸡和布谷鸟不同,鲃鱼费尽心力保护后代,雌雄鲃鱼相互配合,用沙土覆盖鱼卵,或亲自看守、或将卵掩于某处,免遭害虫和其他鱼类所扰。

老兄,对您和许多人来说,我讲的这些虽显怪异,然确由亚里士多德、普林尼、格斯纳和许多可信之人所证,且大多智慧过人、经验丰富之士都深以为然。就如我开始时说的那样,这些值得最为严谨与虔诚之人深思。也正因如此,先知大卫才说,"身居深水之中者,方见上帝之神迹。"这般的奇迹与欢愉,大地断然孕育不出。

我说的这些确应引起最为谨慎、虔诚与喜静者的深思;许多虔诚与沉静的先父与先知,似乎也以行动印证了这一点——后来的十二使徒[®]中,不正有四位是心地单纯的渔夫吗?主点化了这些渔夫,送他们去往各地,向异教徒传播福音;赋予他们通晓各种语言的能力,能言善辩的口才,令不信主的犹太人皈依;还令他们受苦受难,为自己和祖先曾将主钉死在十字架上赎罪[®],又在苦难中宣扬律法的宽恕与永生的新方法——上述种种皆为这几个快乐渔夫的使命。论及耶稣选择渔夫作圣徒,有人曾这般表述:

首先,主虽批评过抄书吏和钱商的职业,却从未对这几位渔夫如此。其次,主发现这几位渔夫天性喜静,又爱思考,且这几人心性温顺、纯良平和,而天下大多数渔夫都是如此。我们伟大的主,本爱在善人心中播撒福音,对他来说,这本无丝毫困难;然而,主却选择了渔夫这一无可指责的职业,并收这四名渔夫为信徒,令他们跟随他,造神迹,享荣光。

主曾授意,将四名渔夫列于十二使徒之首。这四名渔夫分别是彼得,安得烈,雅各和约翰,其余八名使徒则位列其后。

更重要的是,当耶稣登上高山变容之时[®],并未携所有信徒一同前往——他只叫了其中三个伴他左右,且这三人皆为渔夫。还曾有可信之言,称其他八个信徒在皈依主后,也都成为渔夫;可以确定的是,《约翰福音》中第二十一章曾记载过,耶稣复活后,曾见到使徒中超过半数聚在一处钓鱼。

既然您已许诺耐心听之,我就再冒昧一次,回顾一位博学聪颖之士曾说过的话。此人曾称,主愿由他指定的人以圣笔书他神迹,且当用皈依前的爱好与职业来打比方。他举了所罗门作为例子:所罗门皈依之前爱恋肉欲,后来,依照主的吩咐,他便将那灵语、那圣洁的爱歌书写成上帝与教堂之间的颂歌[®]。所罗门如是写道:

他那令人爱怜的双眼,恰似海斯邦[®]的鱼塘。

以上所言,我未见有可辩驳之处,那么便可称,《约伯记》的作者摩西和那牧羊的先知阿摩司皆为渔夫——整部《旧约》中,鱼钩仅被提到两次,一次为上帝之友、温顺的摩西所提,另一次则由谦卑的先知阿摩司所提。

提到后者,即先知阿摩司,我仅有一点要说:先知阿摩司文风谦恭朴实,先知以赛亚行文华丽善辩;相比之下,虽然两者都在叙实,读者却更易相信阿摩司不仅是位牧羊人,更是位心性善良的朴实渔夫。彼得、雅各和约翰都是渔夫,其书信情深义重、谦顺恭敬;保罗则言辞华丽、偏爱宏大的比喻。相较之下,恐怕没人会觉得保罗像个渔夫。

要说垂钓合乎法律,这点亦有所印证:主曾坚持要求彼得以钩捕鱼,所得钱财用于向恺撒纳税[*]。且垂钓在其他国家享有盛誉,颇有裨益。平托[*]在《游记》中称自己曾见到一位国王与几位牧师一同垂钓。普鲁塔克[*]也曾写到,在马克·安东尼和克里奥佩特拉时期,垂钓并不是什么可鄙的事情,且王朝极盛之时,两人还将垂钓当作主要的消遣。在《圣经》中,垂钓这一举止多折射善意;尽管狩猎有时也如此,其次数却远远少之。此外,古时教义中曾禁止信徒狩猎,谓其既易乱人心,又易劳人身;不过,教义却允许信徒垂钓,因去与世无害,发人深思,宁人心志。

我倒想一叙博学的帕金斯[*]和惠特克博士[*]之事:前者对垂钓大献赞美之辞,后者钓艺精湛、兴致又高。确有许多饱学之士对垂钓情有独钟。不过,此处仅举两人为例就足矣:这两位名士距现世不远,可谓令垂钓之事大绽异彩。

其一为诺威尔博士[*]。诺威尔博士曾任伦敦圣保罗大教堂[*]牧师之首,其人的纪念碑仍位列教堂之中,完好如初。在宗教改革中——注意,我指的是伊丽莎白女王[*],而非亨利八世的宗教改革[*],诺翁因生性温和、博学多才、严谨虔诚而声名远扬,为议会和教士会议选中,责成他为公众编写一本教义问答手册[*],好以此为范本,保后世子孙不丢信仰、不失规矩。诺翁乃古道热肠之人;他本人虽十分博学,却也深知主引领世人入天堂时,凭借的并非是众多难题。于是,他就像个老实本分的渔夫那样,编写了一本优良、平实且绝不复杂的手册,与旧版的祈祷书一同付印。我可得说,诺翁必喜好垂钓、且常常行钓——这样的人,每个时代都有:根据教义,诺翁每日需在固定的时刻祈祷——这是应教堂的要求,不过,众多早期基督徒却是自愿为之;除祈祷外,据说诺翁将剩余时间的一成用于垂钓。那些与诺翁有来往者,我也曾有幸与之交谈,得知诺翁常将一成俸禄和捕到的全部鱼赠与河边居住的贫苦人家,称"行善乃宗教之元"。行钓完毕后,诺翁便在回家路上赞颂上帝一番,为能有一日远离尘世之扰而心存感激——这一日既与世无害,于牧师本分亦无所背离。倘若后人知他曾是渔夫,他虽不至于大喜过望,倒也必感心满意足。如今,诺翁捐助过的布雷齐诺斯学院®内仍小心存放着一张他的画像:画中,诺翁倚在桌上,身前放着一本《圣经》;他一只手边是堆成一圈的鱼线、鱼钩和其他渔具,另一只手边则放着几根不同的鱼竿。画像题词道:

诺翁卒于1601年2月13日,终年九十有五;其间四十四年任圣保罗大教堂之执事,年事虽高,然耳不聋,眼不花,记忆不损,五官皆灵。

诺翁能有此福报,据说皆为喜好垂钓与生活节制使然;我也祝愿那些效仿诺翁并追思他的人皆能得此福报。

其二便是已故的亨利·沃顿®爵士。沃顿爵士一生不喜钱财,曾任伊顿公学®的教务长。过去,我常与沃翁一同垂钓、交谈。沃翁曾任我国外使,经历丰富、学识渊博、才智过人且幽默风趣,有其人相伴,真乃人类福音。沃翁好垂钓且常钓之;他曾为垂钓献赞美之辞,足以令任何不屑垂钓者信服——沃翁曾称,"无聊方垂钓,垂钓不无聊。"只因埋首书卷之余,垂钓可"静人心志,悦人精神,掩人伤怀,抑人不安,平人激情,故而令人心满意足;善垂钓之人必内心平静,多有耐心"。事实也的确如此。老兄,垂钓恰如人类之谦卑美德,助人心生宁静,继而生种种福报。

兄弟,以上便为博学的沃翁所言。我笃信,沃翁常悦之心中,必兼具宁静、耐心与自得之品质。彼时沃翁已年逾七十,于一夏夜河畔垂钓时赋诗一首,以发心中之乐。彼诗对春景一番描述,沃翁下笔又温软绵甜,恰若眼下这时节的河流。

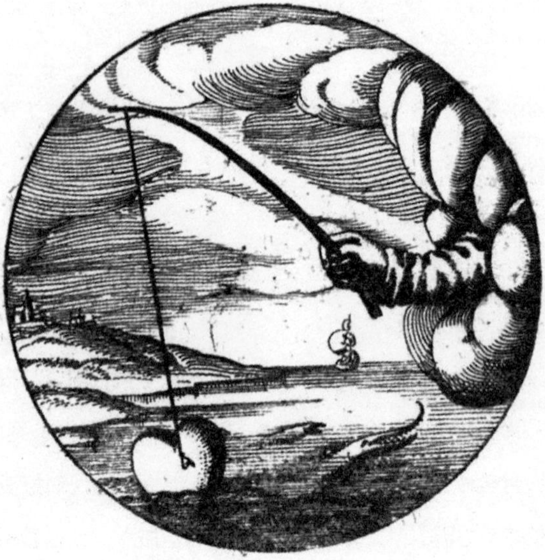

且让我为兄台复述一遍:

自然之母爱恋忙,丰沛汁液摩拳掌
新汁且把藤蔓挑,鸟儿呼唤出情郎

多疑鳟鱼暗处游,精巧鱼饵把鱼诱
有人河边静静站,浮漂微颤心不忧

天色渐晚夜幕长,游燕顺势归巢去
夜莺爽朗娇声啼,群树闻之心欢喜

小雨渐下渐止停,白天气爽夜里晴
琼女净桶手中提,且给红牛挤奶去

琼女制酒一两杯,献与一位踢球郎
田野园间百花放,红番、罗兰、郁金香

天色虽晚夜幕临,玫瑰娇羞半掩面
百花齐放欣向荣,披红挂绿喜迎春

这正是沃翁心神无扰之时心中所想。不知您是否愿意再听我吟诗一首,看另一位渔夫如何自述生平乐事?我说的正是乔·达沃斯先生:

且让我与世无害

依着特伦特河®与埃文河®而居

让我看着那浮漂或软木塞

被饥渴的鲈鱼、银鲤

和鲦鱼咬下水去

居于天地之间

心中念着造世主

我这般思量

有人为财不择手段

有人终日沉迷

酒色与杀戮

且教他继续放纵

以想象填补欲望

我愿每一日

在这清澈河边走

任意欣赏

那草地绿油油

身边盛放的

是雏菊和紫罗兰

红色风信子和黄水仙

看那紫水仙似晨光

灰白的鹅草

还有那蔚蓝的漏斗花

凝望那壮阔苍穹

世界之眼中

闪现烈焰战车

似燃金的光芒

又有何消遣

能令我更快乐？

斑斓云朵似流水

于空中自由卷舒

美丽的奥罗拉㉝

脸上红晕未消

起身离开

老提托诺斯㉞的床

群山众岭自平原起

平原绵延至平地

平地分出众脉络

滚滚河流围其周

自然为链缚河流

河流奔腾入深海

大海狂暴涛声起

湖泊、河、溪流谷下淌

树林高耸

且宽且长

嫩叶绿枝装扮忙

群鸟荫下齐欢唱

喜迎夏日之女王

芳草茵茵新如碧

芙罗拉①之礼掩其中

小溪之水多澄澈

银鳞鱼儿轻轻游

此间种种

皆为主之神迹

常为渔夫所见

每想神迹之奇美

常满心愉悦

进而生发沉思

不为外物所扰

以欢欣之眼

察世间万物

心神跃居星空之上

心驰神往

老兄啊,我还能记起最后这几句,真是件喜事——在这么个五月的大晴天里,如此一诗篇,自然比我的大白话动听得多。多亏您耐心,咱们一路边说边走,这才走到茅舍酒店近前。我许诺您的还未讲完,倘若您还愿听,我就先"欠"着您,他日再相见时,倘若不忙,我再讲与您听。

猎人:渔兄,我简直是上了你的"钩",一路上被你的金玉良言给"钓"过来啦!您之前说过,"好友作伴,旅途显短";现在看来,这话还真是不假。要不是您指给我看,我本以为还得走上三英里才能到呢。既然酒舍就在眼前,我们不妨进去小酌一杯,稍事休息。

渔夫:兄弟,那再好不过啦。你明日不是要见些水獭猎手吗?我们就喝上一杯,聊表对他们的敬意。

猎人:那是当然啦,我们还要向所有爱钓鱼的人致敬呢。方才一路走来,听君一席话,我都对垂钓和渔夫刮目相看了;如今,我自己也想尝尝当渔夫是个什么滋味。我与友人约定明日相见,倘若您也一并出席,与我们猎上一日水獭,之后两天,我便跟随您左右,别的不干,只钓鱼,也聊聊钓鱼的事情。

渔夫:兄弟,那就这么定啦!明早日出前,我一定赶到阿姆韦尔山与你相见。

注释
① 托定林山位于英格兰伦敦北部的哈林盖区。
② 威尔是英格兰赫特福德郡附近的一个小镇。
③ 霍兹登是英格兰赫特福德郡布罗克斯本区的一个小镇。
④ 西奥博兹位于英格兰赫特福德郡的切森特附近。
⑤ 阿姆韦尔是位于英格兰赫特福德郡的一个村庄,距离前文所说的威尔镇不远。
⑥ 琉善(约125—180):古希腊诡辩派哲学家和讽刺作家,以机智和讽刺著称。代表作为《俄林波斯神对话录》。
⑦ 所罗门(公元前1000—公元前930):古代以色列的第三任国王,大卫王朝创始人大卫的爱子及继承人。属犹太民族。

⑧蒙田(1533—1592):法国文艺复兴后期、十六世纪人文主义思想家。主要作品有《蒙田随笔全集》、《蒙田意大利之旅》。

⑨四元素说源自古希腊,称世界万物由土、水、气、火四种元素构成。

⑩朱庇特:宙斯的别名,是罗马神话中的主神,掌管天界。奥林匹斯的许多神祇都是他的子嗣。

⑪代达罗斯之子伊卡洛斯:希腊神话中的人物。伊卡洛斯与代达罗斯使用蜡和羽毛造的翼逃离克里特岛时,他因飞得太高,双翼上的蜡遭太阳融化跌落水中丧生,被埋葬在一个海岛上。为了纪念伊卡洛斯,埋葬伊卡洛斯的海岛命名为伊卡利亚。

⑫《圣经》当中曾说,上帝最初按照自己的形象用尘土造出了一个人,即亚当,又向他鼻孔中吹了一口气,他便有了生命。

⑬瓦罗(公元前116—公元前27):罗马时代的著名学者和政治家,曾任大法官。其著作《论农业》分为三卷,其中第三卷着重记载了家禽和小动物的生活习性及饲养方式。

⑭按照历史记载,此处作者所指应为罗德岛。罗德岛是希腊第四大岛,是爱琴地区文明起源地之一。1523年由土耳其统治。

⑮乔治·桑蒂斯(1577—1644):英国旅行家、诗人。从1610年开始,他先后游历了法国、意大利、埃及等地,并于1615年出版了他的游记。

⑯阿勒颇是叙利亚北部城市,占据了幼发拉底河和地中间的关键位置。

⑰古巴比伦(公元前30世纪—前729)与古埃及、古印度和中国并称为世界四大文明古国,位于美索不达米亚平原,大约在今天的伊拉克境内。

⑱在基督教中,用作燔祭的有四种动物:公牛、绵羊、山羊、鸟。献祭者可以随意选择其中的一种。买得起公牛的有钱人自然会带一只牛来。只能买得起一只斑鸠或雏鸽的穷人会带其中一只来。值得一提的是,耶稣的母亲玛利亚带了两只斑鸠来到圣殿,作为她生子后所献的礼物(见利12:8;路2:22—24)。

⑲以利亚:《圣经》中的一位先知,生活在公元前9世纪的以色列王国。曾按神的旨意审判以色列,并施行神迹。

⑳在亚哈王统治以色列时,人们公然悖逆上帝,上帝因而对以色列人进行审判。他令先知以利亚预言,称以色列将有一场严重的旱灾。为了保护以利亚不在旱灾中受损,上帝指示以利亚到基利溪边,并派一只乌鸦每日早晚为以利亚送来食物。

㉑四福音书中,《马太福音》、《马可福音》和《路加福音》都曾记载过这样的情景:天开之时,耶稣看到了上帝的灵,仿佛如鸽子一般降落在他身上,与此同时,有声音从天上传来,称耶稣是上帝所喜悦的爱子。

㉒熬鹰是老北京话中的说法,是训练猎鹰的一种方式:因为鹰生性凶猛,不易驯服,因此,刚将鹰捉回后,有人会采取"熬鹰"的方式,连续几日不让鹰睡觉,促使其因困乏而丧失

野,便于驯服。

㉓饿鹰也是训练猎鹰的一种方式,方法为连续多日不给鹰喂食,将其饿瘦。

㉔克里奥佩特拉(公元前69—公元前30):即人们常说的"埃及艳后",是古埃及托勒密王朝的末代女王,一生极具传奇色彩。

㉕马克·安东尼(公元前83—公元前30):古罗马政治家和军事家,同时也是恺撒大帝最重要的军事指挥家之一。后成为埃及艳后的情人,并在公元前30年与其一同自杀身亡。

㉖色诺芬(公元前427—公元前355):雅典军事家,文史学家。色诺芬是苏格拉底的弟子,以记录希腊当时的历史和苏格拉底语录而闻名。著作有《万人远征记》《希腊史》及《回忆苏格拉底》等。

㉗居鲁士大帝(公元前550—公元前529):又称居鲁士二世,是古代波斯帝国的缔造者,也是波斯皇帝。

㉘在希伯来圣经中,《摩西五经》是最早的五部经典,分别为《创世记》《出埃及记》《利未记》《民数记》《申命记》,是犹太教经典中最重要的部分。

㉙《利未记》第十一章中曾对犹太人的饮食作出规定:"凡蹄分两瓣、倒嚼的走兽,你们都可以吃。但那倒嚼或分蹄之中不可吃的乃是骆驼,因为倒嚼不分蹄,就与你们不洁净。沙番因为倒嚼不分蹄,就与你们不洁净。兔子因为倒嚼不分蹄,就与你们不洁净。猪因为蹄分两瓣,却不倒嚼,就与你们不洁净。"

㉚上帝创世是基督教中的说法。基督教教义中称,创世前,宇宙一片混沌;上帝为改变这一境况,便用了七天的时间创造了世界,每天创造一类物质,并将第七天定为休息的日子。

㉛摩西:生活于公元前13世纪,是犹太民族的领袖。上帝曾授命摩西带领希伯来人逃出古埃及,前往迦南。

㉜大斋节是基督教的一个斋戒节日,斋期始于圣灰星期三,止于复活节前日,共计四十天。大斋节以忏悔为主,纪念耶稣受难。所谓的斋戒是少量摄食,并以鱼带肉。

㉝马克拉比(生卒年份不详):拉丁语法学家和哲学家,代表作为《农神节》。曾为西塞罗《论国家》中的《斯齐皮奥之梦》进行注释。

㉞汤姆斯·沃顿(1614—1673):是一名英国内科医生兼解剖学家,以发现下颌下腺管而闻名。

㉟佛罗伦萨是位于意大利中部的一个城市,在十五、十六世纪时曾是欧洲最著名的艺术中心。佛罗伦萨是欧洲文艺复兴运动的发祥地,也是世界文化旅游胜地。

㊱圣杰罗姆(347—420):主要功绩是将《圣经》翻译到拉丁美洲,即"武加大"版《圣经》。

㊲圣保罗(3—67):原名扫罗,是早期基督教的领袖之一。作为基督教传教士,保罗对基督教的传播起到了重要作用,同时也是《新约》的重要作者。

㊳ 托蒂·李维(公元前64/59—公元17):古罗马著名的历史学家。代表作为《罗马史》。

㊴ 特莱即指罗马雄辩家马库斯·图留斯·西塞罗(公元前106—公元前43):古罗马著名政治家、演说家、法学家和哲学家。

㊵ 维吉尔(公元前70—19):古罗马诗人,其代表作有三,分别为《牧歌集》《农事诗》和《埃涅阿斯纪》。在中世纪时,基督教奉维吉尔为圣人。

㊶ 圣彼得又称圣伯多禄(? —64~68):耶稣十二使徒之一。原为渔夫,后跟随耶稣基督,广传福音。后因罗马皇帝尼禄迫害,殉道于罗马。

㊷ 约拿(约主前800—760):基督教的一位先知。主曾经为其指派任务,令其去宣布赦免尼尼微城的毁灭。约拿抗拒这个任务,并且逃跑,主便令一条大鱼将约拿吞入肚;约拿在鱼腹中三天三夜,期间向主虔诚祷告。主被约拿感动,便令大鱼将约拿吐在岸边。

㊸ 丢卡利翁是西方神话中的人物,传说中为普罗米修斯和克吕墨涅之子。他是古希腊人的第一位国王,也是潘多拉与埃庇米修斯的女儿皮拉的丈夫。宙斯曾用一场大洪水来毁灭人类,洪水后,仅有丢卡利翁夫妇两人幸存。

㊹ 赛特是亚当和夏娃的第三个儿子。亚当和夏娃本有该隐和亚伯两个儿子,后来亚伯为该隐所杀,上帝为了补偿,于是使赛特降生为亚当和夏娃之子。

㊺《阿摩司书》出自《圣经·旧约》,全书共九章;阿摩司是一位牧羊人,来自犹大的提哥亚。

㊻《约伯记》出自《圣经·旧约》,全书共四十二章,记述了约伯的信仰历程。

㊼ 马大是基督教中的一个人物。《路加福音》中曾记载,耶稣和使徒们到马大和马利亚姐妹村庄,马大将耶稣接到了自己的家里。马大忙碌于各种事情,而马利亚则静坐在耶稣脚下,聆听耶稣的话语。马大对耶稣说,"我的姐妹留我一人如此忙碌,您不介意吗?请吩咐她来帮我做事。"耶稣则回答说,"马大,马大,你忧心思虑的事情太多了,却忽略了你唯一应做的事情。马利亚做了她唯一该做的事,这份福分是不能被夺去的。"

㊽ 彼得·穆兰(1601—1684):国教牧师,曾写文抨击约翰·弥尔顿。

㊾ 锡安一般指耶路撒冷。

㊿ 伊庇鲁斯公国是一个中世纪国家,位于巴尔干半岛,1337年被塞尔维亚王国征服,1356年再次兴起,直到1479年被奥斯曼土耳其人消灭。

(51) 塞拉鲁斯为意大利南部的一条河流。

(52) 威斯特摩兰位于美国西弗吉尼亚州的韦恩县。

(53) 萨里是位于英格兰东南部的行政郡和历史郡,位于伦敦西南,地临泰晤士河。

(54) 约瑟夫斯(约37—100):犹太历史学家和军人,生于耶路撒冷。曾撰写关于犹太历史和宗教的书籍,代表作为《犹太战争史》和《犹太古事记》。

(55) 朱迪亚是古代巴勒斯坦南部地区,包括今以色列南部和约旦西南部地区。

㊇ 安息日是上帝创世时指定用于每周休息的一日。
㊉ 此处普林尼应指盖乌斯·普林尼·塞孔都斯(23/24—79):即俗称的"老普林尼"。普林尼为古代罗马的作家、哲学家、历史学家,代表作为《自然史》一书。另有作家小普林尼,为老普林尼的养子。
㊈ 此处应指《自然史》一书;该书共37卷。
㊉ 英亩为英制面积单位,一英亩约等于4047平方米。
㊉ 腕尺是用于埃及、希腊和罗马的测量单位,一希腊腕尺近似于42厘米,而一个罗马腕尺近似于44厘米。
㊉ 英尺为英制长度单位,一英尺约等于0.3米。
㊉ 卡索邦(1599—1671):英国古典学者,其父为古典学者兼语文学家艾萨克·卡索邦。
㊉ 此处"岛民"指英国人。英国是由大不列颠岛上的英格兰、苏格兰和威尔士,爱尔兰岛东北部的北爱尔兰及一系列附属岛屿共同组成的一个西欧岛国。
㊉ 此处应指老约翰·特雷德斯坎特(约1570年代—1638):英国博物学家、园艺家、收藏家及旅行家。其子小约翰·特雷德斯坎特是一位植物学家、园艺家。
㊉ 艾利亚斯·亚修摩尔(1617—1692):英国著名的古文物收藏家、政治家、占星家,同时,其人也研习炼金术。
㊉ 兰贝斯区是英格兰大伦敦内的自治市,该区位于泰晤士河南岸。
㊉ 藤壶是一种节肢动物,属颚足纲,藤壶科。由于外形像马的牙齿,也被称为"马牙"。
㊉ 极乐鸟也称"天堂鸟"。
㊉ 乔治·赫伯特(1593—1633):威尔士诗人、演说家、牧师兼玄学派圣人。代表作为《召唤》。
㊉ 大卫(公元前1050—公元前970):以色列联合王国的第二代国王,在公元前1000年左右建立以色列王国,定都耶路撒冷。大卫的王位继承人为所罗门。
㊉ 盖乌斯·普林尼·塞孔都斯(23/24—79):即"老普林尼",是一位意大利作家、哲学家兼历史学家。其子为"小普林尼"。代表作为《自然史》。
㊉ 康拉德·格斯纳(1516—1565):瑞士博物学家及目录学家。代表作为《动物史》,被人们认为是动物学研究的起源之作。
㊉ 纪尧姆·龙德莱(1507—1566):法国解剖学家及博物学家,对动植物深有研究。曾书写关于水生动物的专著。
㊉ 德西穆斯·马格努斯·奥索尼乌斯(310—395):古罗马诗人,出生于布尔迪加拉(今法国波尔多)。代表作为纪游诗《莫萨拉河》。
㊉ 沙吕斯特·纪尧姆·德·迪巴尔塔斯(1544—1590):文艺复兴时期欧洲外交家和诗人。

⑯色雷斯是位于巴尔干半岛的一个地区,位于希腊东北部,是欧亚大陆的连接点。色雷斯规定已婚妇女必须守持贞洁。

⑰"踩背"是鸡的交配方式:公鸡跳到母鸡背上,两者通过泄殖腔完成交配活动。

⑱约伯是上帝忠实的仆人,因为虔诚和忍耐的品格而为人所知。上帝曾两次称赞约伯,称他"完全正直,敬畏真神,远离恶事"。

⑲十二使徒是耶稣开始传道后从追随者中拣选的十二个作为传教助手的使徒,分别为彼得、安得烈、雅各(西庇太的儿子雅各)、约翰、腓力、巴多罗买、多马、马太、雅各(亚勒腓的儿子雅各)、达太、西门(奋锐党的西门)和犹大(加略人犹大)。

⑳耶稣基督曾被犹太人钉死在十字架上,三天之后复活。犹太人信仰神,而耶稣自称为神之子,在犹太人看来犯了亵渎罪,因此将耶稣钉死于十字架之上。

㉑耶稣变容是《圣经·新约》中记载的内容,《马太福音》、《马可福音》和《路加福音》都对此情景有所描述:耶稣带着他的三个使徒(彼得、雅各和约翰,皆为渔夫)爬上高山祈祷,他于山顶发出万丈光芒,先知摩西和以利亚随之出现并与他交谈;天空中随即出现一个声音,称耶稣为子。

㉒颂歌的歌词取自《圣经》。

㉓海斯邦是一座古城镇,位于今约旦境内约旦河东部。

㉔《马太福音》中曾说,耶稣到达迦百农时,曾有人来收丁税(按人头计算的税钱):耶稣便让彼得去水边钓鱼,换得两人的丁税钱后交给收税者。

㉕费尔南·门德斯·平托(1509—1583):葡萄牙探险家及作家,曾出版《游记》一书。

㉖普鲁塔克(46—120):用希腊文写作的罗马散文家和传记文学家。代表作为《希腊罗马名人传》和《掌故清谈录》,对莎士比亚等后世作家产生了深远影响。

㉗威廉·帕金斯(1558—1602):英国著名神学家,系英格兰第一个系统性的加尔文神学家。

㉘威廉·惠特克(1548—1595):杰出的加尔文宗英国新教牧师,学问家和神学家。

㉙亚历山大·诺威尔(1517—1602):一位英国新教神学家和牧师。威廉·惠特克为其侄。

㉚圣保罗大教堂是英国第一大教堂,世界第五大教堂,地处伦敦。该教堂最早于604年建立,后遭受多次毁坏,最终由英国著名建筑师克托弗·雷恩爵士于17世纪末完成设计。

㉛此处伊丽莎白女王指的是伊丽莎白一世(1533—1603):英国都铎王朝的最后一位统治者,其父为亨利八世。

㉜亨利八世(信奉天主教)和伊丽莎白一世(信奉新教)分别进行过宗教改革:前者于1529年开始,起因为亨利八世的离婚事件,是一场自上而下的宗教改革运动,亨利八世企图断绝英国教会在经济与行政上与罗马教廷的联系,同时宣布国王是英国教会的最高首

领;后者相对温和,伊丽莎白一世恢复了国教,不承认教会有解释《圣经》的绝对权威,在此期间,逃亡在外的新教徒纷纷回国。

㉝ 教义问答一般用于传统的基督教宗教教育。教义问答手册带有答案,其内容为问答形式。

㉞ 布雷齐诺斯学院隶属于牛津大学,于1509年建院。英国首相戴维·卡梅伦为该院校友。

㉟ 亨利·沃顿(1568—1639):一位英国作家、外交官和政治家。

㊱ 伊顿公学创办于1440年,位于伦敦附近的温莎小镇,是英国最著名的贵族中学。曾有20位英国首相毕业于此,诗人雪莱也是该校的著名校友。

㊲ 特伦特河是位于英国英格兰中部的一条河流,全长274公里。

㊳ 埃文河是英国英格兰的一条河流。文豪莎士比亚即在该河畔出生,该河因而闻名。

㊴ 奥罗拉:古希腊的曙光女神,十二提坦之一许珀里翁和忒亚的女儿,负责为人类带来光明。

㊵ 提托诺斯:特洛伊国王拉俄墨冬的儿子,面容异常俊美,歌声令人难忘,故而得曙光女神奥罗拉倾心,在特洛伊破城之前就被其抢走。奥罗拉请宙斯赐提托诺斯不死之身,好让两人长相厮守,却忘记了凡人终有容颜老去的一天:提托诺斯日渐衰老,奥罗拉便再次向宙斯许愿收回成命,却被拒绝了。于是奥罗拉将丈夫提托诺斯变为一只蚱蜢,并离他而去,两人终成为一场爱情悲剧。

㊶ 芙罗拉:希腊神话中的花神。此处,"芙罗拉的馈赠"应是指代花朵。

第二日 2
Second day

猎人：渔兄，你来得可正是时候！太阳方才升起，我刚到此地，而猎狗也才捕到一只水獭。快瞧那边山脚！瞧那长着水莲和杜鹃花的草地——瞧瞧这帮猎犬，干得真漂亮！瞧瞧！猎手和狗都忙个不停。真是忙个不停啊！

渔夫：老兄，见到你我真是高兴极了。今日能够一睹捕猎的盛况，亲眼见到这么多人、犬一同猎水獭，实属在下的荣幸。客气话不多讲，我们赶紧加入他们吧。快，猎兄，我们赶紧动身——我简直一刻也等不了了，就算是前方有树篱、沟壑，都挡不住我。

猎人:猎手兄弟们,这只水獭是打哪儿找到的?

水獭猎手:老兄,这是只母獭,在距此地一英里远的地方发现的——捉它时,它正捕鱼呢!今儿早上,它把这条鳟鱼吃了大半,你瞧,吃得就剩这么点儿了,它还想接着捉呢。我们今天出来得早,日出前一个钟头就到了,逮了个现行——这水獭被人和狗好一顿穷追猛打,连点喘息的空儿都没有,要不,还真说不定就让它跑脱了。这水獭要是杀掉,皮可得归我。

猎人:这是为什么呢?一张水獭皮值多少钱?

水獭猎手:要是做副手套,得值十个先令[①]。天气潮湿时,没有什么比水獭皮手套更护手啦。

渔夫:可敬的猎手兄弟,我想请问你个有意思的问题:这水獭,究竟该算兽还是鱼呢?

水獭猎手:先生,我无法回答这问题,恐怕只有誓不食肉的卡尔特教团[②]成员方可解答吧。我倒听说,这一问题曾在许多著名牧师间引发争论,众人各执一词;不过,大多数人是这么认为的:水獭的尾巴与鱼尾无异,如果它的身体也与鱼类相同,那岂不是说鱼也能在陆上行走了?毕竟,为了喂饱小崽子或是捕条鱼给自己"开个荤",水獭有时一晚上就能在路上走个五六英里,甚至十英里。为了吃早食,鸽子也会飞上四十英里地。不过,水獭不单是吃的鱼多,它们滥杀、祸害掉的比吃掉的多得多。拉丁人也把水獭称作钓鱼狗——它们隔着几百码都能闻见水里的鱼味儿。格斯纳说,实际上水獭还能闻得更远,且其睾丸有治疗癫痫的奇效。倘若将安息香[③]装在亚麻布条中,悬挂于鱼塘旁、或是水獭常出没的地方,它便会有意避开那处,这也就说明水獭的嗅觉在水中和陆上同样有效。康沃尔[④]盛产水獭,在那里猎獭可是一大乐事;博学的卡姆登称,当地甚至有条河流以水獭命名,只因其中多有水獭。

关于水獭,就说这么多。你看,有只水獭正浮出水面换气,猎犬向它逼近了——我看这獭坚持不了多久了。二位,跟我来吧,等它换最后一口气的时候,"甜嘴儿"就能逮住它啦。

猎人:天哪!马都到对岸去了,我们怎么办呢?也跟着过去吗?

水獭猎手:不,老兄,别着急。再等一会儿,跟着我便是了。我保证,不出一会儿,马和猎犬就过来这边了,说不定獭也会过来。这水獭又换气了,让"基尔巴"抓住它!

猎人:哈!果然如此,快看,它在那个角上换气呢!快!"铃木"要抓住它了!唉,又让它跑了,这倒霉的狗还被咬了一口。"甜嘴儿"要抓到它了;抓住它,甜嘴儿!瞧,所有的狗都围过去了,有些在水上、有些在水下;这水獭没劲儿了。"甜嘴儿",去把它给我逮过来!瞧,是只母獭,前不久才刚下过崽呢!咱们去瞧瞧吧。我敢保证,它的崽儿肯定就在附近,一定能把它们都逮住,杀得一个不剩。

水獭猎手:来啊,伙计们!快!咱们去那边瞧瞧。快看,这就是它的窝!没错,它的崽儿还在里头呢——至少有五只,都在里边儿呢!来,咱们把这些崽儿都杀了。

渔夫:不,先生,请留给我一只,让我试效仿莱斯特[⑤]的绅士、聪慧的尼奇·西格雷夫,将这只小獭驯服;西格雷夫不仅驯服了水獭,还教会它捕鱼和许多有趣的东西。

水獭猎手:尽管拿一只走吧,我乐意得很;不过剩下的都得杀掉。我们去小酒馆喝上杯大麦酒如何?还可唱一曲《老玫瑰》,好好乐一乐。

猎人:来吧,渔兄,我邀你同去。今晚我做你的东,明天你请我的客。我还想花上一两天跟你学钓鱼呢!

渔夫:老兄,那就照你说的办吧。我们二人礼尚往来,实属乐事;况且有二位相伴,真是再荣幸不过了。

注释
　①先令是早先时英国使用的一种货币单位,一英镑等于二十先令,一先令等于十二便士。1971年英国货币改革时,先令这一货币单位被废除。
　②卡尔特教团是天主教的一个隐修院修会,因1084年创立于法国加尔都西山而得名。
　③安息香是一种药材,原产于中亚的古安息国和龟兹国等地,味辛苦,有行气活血和止痛之效。
　④康沃尔是位于英国英格兰西南端的一个郡。
　⑤莱斯特是英国的一座城市,位于英格兰中部。著名的莱斯特大学位于该市。

第三日 3
Third day

猎人：今天我随您去钓鱼吧。

渔夫：那太好了，我们走吧。(对诸水獭猎人)愿主保佑诸位，今日能再捕一只母水獭，快活地把它和崽儿都杀光。

猎人：渔兄，我们在哪儿钓好呢？

渔夫：眼下还没到合适的地方；得再走上一英里地，才能碰到可心的地儿。

猎人：我们不妨边走边随意聊聊。您觉着昨日落脚的旅店、店主，还有我的朋友们如何？店主其人还算幽默吧？

渔夫：老兄，我当下便可谈谈对于那店主的看法；不过，我得先说，那些水獭死了实在是好事，只可惜世上再没多少水獭猎人了。倘若没有水獭猎人,又无人遵守禁猎期的规定,所有河流必将消亡;而那些为数不多遵守律法、持斋守戒之人,又因着鱼的减少而不得不食动物之肉,抑或遭受种种预想外的不便。

猎人:老兄,何为您所说的"禁猎期"?

渔夫:禁猎期主要为三、四、五月,只因在这三月中,鲑鱼会离开大海,游到水最清的河流中产卵;自然驱使下,其鱼苗会在特定时间离开淡水、回归海水,无奈,总有贪婪的渔夫违背律法,私自设下鱼梁和陷阱,祸害的鱼苗成千上万。倘若通读过爱德华一世①和理查二世②立下的英明法令,会发现有几条专为保护鱼类而设的条例。我对法律一窍不通,却也晓得,倘若有心,这些管理上的疏漏并不难修正。不过,我的一位贤友却常常如是说:"事关人人,则无人出力。"若非如此,为何市集上每日都出售许多渔网和小鱼,而鱼身远远小于法律规定的尺寸呢?河流看管者真该为此感到羞愧。

不过,说到底,在产卵期捕鱼是有违自然的;这就如同将孵蛋的母鸡从鸡窝中抱走一般——此举可谓罪大恶极,连万能的上帝都在利未人的律法当中专门规定了一条,以防此举发生。

不过,除不受自然律法约束的渔夫外,可怜的鱼类依然天敌重重:我方才提到的水獭是一个,还有鸬鹚、麻鳽、鱼鹰、海鸥、苍鹭、翠鸟、长脚鹰、田凫、天鹅、鹅、鸭,还有"克瑞格",亦有人称"水鼠"——对这些动物,每个正直之人都可大义斥责,不过我就不掺和了;就让别的人去咒骂、杀戮它们吧,我天性不爱杀生,要杀也只杀鱼。

我再谈谈对那店主的看法吧:说实话,在我看来,其人并非佳侣:他要么拿《圣经》来调侃,要么故意说些下流的笑话,我可不认为这就叫"机智"——调侃《圣经》乃受魔鬼驱使,言语污秽则是生性堕落。真正的佳侣应以智慧和风趣宴飨同伴,且张弛有度、不致下流——倘若有伴如此,自当请他喝上一杯。老兄,今晚我就带你见上这么一个人——此地不远处有家店,名叫"鳟之舍",我今晚打算在那儿过夜。那店中有我一位渔友,可是位妙侣呢。好友相伴、谈天说地方是德行之精髓,而昨晚的污言秽语只会教坏别人:男孩子们,听我的店主说话,会懂得如何出言得体;倘若听了那一个名字不值一提的说话,就只学得会赌天咒地了——这位居然还是个绅士,依我看,他的灵魂比乞丐还难感化。你便知"榜样"的力量何如。有一位诗人曾为此作诗,凡举天下父母与文明人,都应铭记于心:

一人的宗教信仰

依母国而定

若出身异国

幸得保姆、双亲教诲

异教亦可于根植其心

这诗句中蕴含着深刻的道理,凡是智者,皆应留心。我虽崇尚文明,却也憎恶斥责过度,因此便不多讲了。还是钓鱼罢了。依我看,在那棵树下,必能钓上一条白鲑。我认识一位女店主,为人诚实、手脚利索,待鱼钓上后,我们可去她那里歇一歇,再劳烦她拿这鱼做顿晚餐。

猎人:哎哟,老兄! 白鲑可是所有鱼里头顶差的了! 我本以为今晚能吃上鳟鱼呢。

渔夫:猎兄,你得信我,这附近没有能钓鳟鱼的地方,且我们今早分别水獭猎手时耽搁了太久,眼下日头正毒着呢,太阳明晃晃的,要抓鳟鱼也得等晚上了。

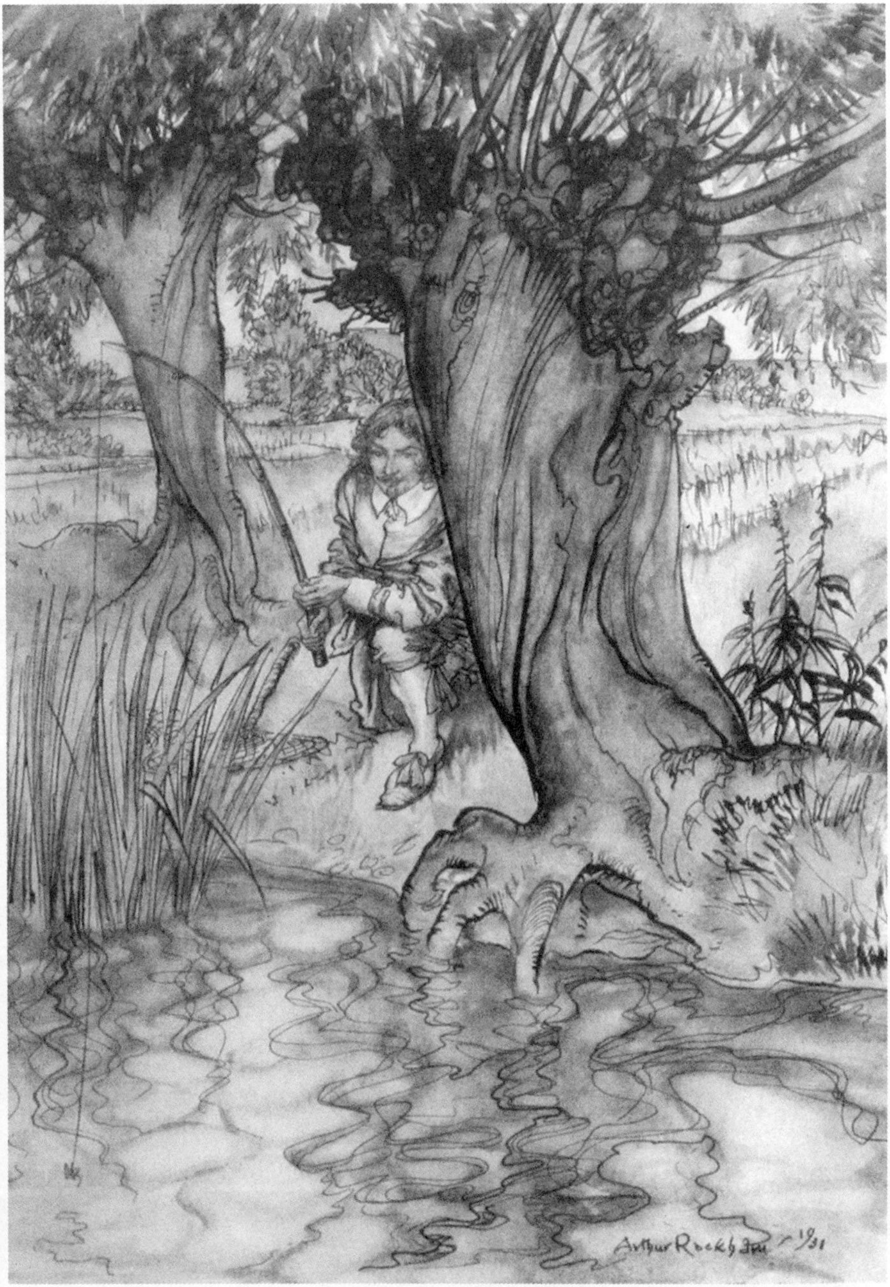
Arthur Rackham 1931

除你之外,还有不少人,都说白鲑味道差得很,我倒要让你见识见识我的手艺,看我如何"化腐朽为神奇"。

猎人:您打算怎么做?

渔夫:待我抓到一条后,再细细道来。老兄,你看到了吗?站近点——这水洞里窝着二十条白鲑,都在水面上漂着呢;不过我只抓里头最大的那条。我要动手啦——我有把握,必定手到擒来。

猎人:哟!老兄,你这口气倒像个艺术家——要是你能说到做到,倒也担得上这头衔。不过我还真有些怀疑。

渔夫:你就瞧好吧,保证你立马就信了。瞧,最大的那条鱼尾巴上擦伤了,大概是被狗鱼咬的,看着像个白点。就是这条,我立马就能把它抓住、放到你手里。你且到那块阴凉下坐坐吧,我一会儿准把它送到你眼前。

猎人:那我就先坐坐吧。祝你好运——你看着还真挺自信。

渔夫:瞧好吧,老兄,见证我钓术的时刻到了。来了——就是这条白鲑,我刚才指给你看过,这不,尾巴上还有个白点呢。我既然能把它捉了,就一定给你弄盘好菜。过会儿我带你去家小酒馆,找个干净房间,窗边搁着薰衣草,墙上还抄着二十首民谣。我方才说过,这家酒馆的女店主衣着整洁,谦和有礼,过去常帮我料理白鲑;这次,我叫她照我的法子来,保证这鱼味道鲜美。

猎人:我乐意至极——渔兄,我已经饥肠辘辘啦,真想马上去那小酒馆待着,好好歇歇。今早走了不过十英里,却已经感到疲乏;昨日捕猎大费周章,今日体力实在是不济。

渔夫:没问题,老兄,酒馆就在那边啦——你马上就能歇着了。

渔夫:(二人进入酒馆)女店主,别来无恙?可否先给我们来上两杯最好的酒,再将这条白鲑打理一下——我八天还是十天前不是带朋友来过吗?按那时的做法就成。不过还得劳烦您快点。

女店主:好的,渔夫先生,我尽快。

渔夫:(鱼已上桌)怎么样,老兄,女店主手脚够麻利吧? 这鱼看着还成?

猎人:一点不假。我们做个餐前祷告,然后开吃吧!

渔夫:(二人开吃)怎么样,老兄? 味道可还好?

猎人:我得说,这鱼是我吃过最地道的了。可得好好谢谢老兄你,敬你一杯。我还有一事相求,请务必答应。

渔夫:我能问问是何事吗? 您为人如此厚道,即便没开口,我也一样能答应。

猎人:老兄,是这么回事:从今以后,能否容我拜您为师,向您学艺? 与您为伴实属乐事,而您钓鱼堪称神速,烹鱼又有一套,因而令我雄心勃勃,竟想拜您为师,也一修垂钓之术呢!

渔夫:把手给我——从此刻起,我就是你的师父了。我必将所知倾囊相授,倘若你愿意,我还可教授你大多鱼类的习性。我敢说,我能教给,可比一般的渔夫多得多。

渔夫:按我的法子来烹饪白鲢,确实味美;不过,倘若用寻常法子去做,就没什么吃头了。白鲢周身遍布叉状骨,且喜食流食,因而肉质疏松,食之寡味;这也是它多为人诟病处。法国人认为白鲢十分低贱,因而称它为"恶棍"。不过,只要做法得当,白鲢亦可味道鲜美。倘若白鲢体积较大,应这么做:

首先,将鱼去鳞、洗净、破膛。破膛开的孔要尽可能小,还得开在鳃旁,才方便将鱼喉中的水草去掉;脏物若不能尽数除去,食之便带有酸味。鱼膛处理完后,在鱼肚中放入些香草,给鱼身抹上醋,或是酸果汁跟黄油,还得加入大量盐。之后,用两三根木条将鱼身固定到叉上炙烤。

若能这般料理白鲑,肉质必会十分鲜美,超乎寻常人之想象,甚至渔夫也会大吃一惊:经此一遭,白鲑的大量体液尽数耗干。不过,务必记得一点:白鲑须得现钓、现杀、现做,方才味美,若是将死鱼放上一天,就没什么吃头了;这跟吃樱桃是一样的:刚从树上摘下的樱桃,味道要远胜那些摘下后磕磕碰碰、在水里放了一两天的。除现杀现做外,白鲑开膛后不可用水洗:鱼身在水中,体内血液会流失,不管什么鱼,经此一遭,肉味都会消淡。开膛后,将带血的白鲑直接下锅、尽快出锅,可得佳肴一道,既不枉费一番辛苦,又能令你摒弃对白鲑的成见。

再介绍一种做法:

将白鲑的鳞、尾和鳍去掉后,洗净鱼身,顺脊骨切开或沿中部剖开,就像处理咸鱼一样。用刀在鱼背上划三四个口,置于无烟的焦炭或木炭上烘烤。烘烤过程中,在上好的淡黄油③中加大量盐,再将百里香切碎,或不切,直接加入黄油中,一并抹到鱼身上。这么一来,鱼肉吃起来就没那么"水"了,白鲑一贯为人所诟病处也就解决了。这条白鲑你吃着香,就是这么做成的。不过呀,倘若这鱼放到明天再做,就一文不值了。还有,鱼喉需清洗得非常干净,注意,是"非常",且开膛后断不可清洗——这一点,不管什么鱼都一样。

好啦,徒儿,为给白鲑正名,我也算煞费苦心了。现在教你白鲑的钓法。对新手来说,没有什么比白鲑更合适练手了,它并不难捉。不过,你得把钓法记牢:

要钓白鲑,还得找个昨天那样的洞穴——夏日炎炎时,这种洞里总能有个十几、二十条白鲑漂在水上。路过草地时,记得捉两三个蚂蚱。到了水边,悄悄地躲在树后,尽量保持不动。往钩上放一只蚂蚱,再把钩固定到距水面四分之一码④的地方——为此,你得先找个大树枝把鱼竿架住。不过,白鲑是鱼类中最为胆小的,鱼竿刚在水面落下投影时,它们可能就沉到水底啦;即便是只鸟从水上飞过、投下一个极小的影子,它们也会被吓走的。不过,白鲑会很快浮出水面,漂于其上,直到再次被影子吓走。当白鲑都浮在水上时,站到方便观察的地方,仔细挑出最棒的那条,然后像蜗牛爬行那般,轻轻地移动鱼竿接近它;令鱼饵轻轻下落至白鲑前方三四英寸处,它就一定会上钩。白鲑是皮嘴鱼⑤,一旦咬钩就极难脱落,将它拉离水面之前,可让它好好挣扎一番。现在就去,带上我的鱼竿,照我刚刚说的去做。我就坐在这儿修修钓具,等你回来。

猎人:亲爱的师父,说真的,您教的正是我心中所想。我现在就出发,照您的吩咐去做。

(猎人归来)师父,快瞧瞧我的手艺!我钓的这条跟您那条不相上下吧?我真是开心极了!

渔夫:好!为师很欣慰!有你这么个听话的徒弟,我高兴得很呢。只要遵从师训,坚持练习,用不了多久,你必能成为一名合格的渔夫。只要心怀热情,我保证你定会成功。

猎人:不过,师父,我还有个疑问:倘若找不到蚂蚱,又该如何呢?

渔夫:可捉黑蜗牛一只,将其腹部剖开以露出白肉,或是软奶酪一片,都可取蚂蚱而代之。有时,用鱼虫或是任一种蝇,譬如蚁蝇、麻蝇或壁蝇皆可;亦可用牛粪下捡来的金龟子和甲虫,有时也可能捉到甲虫的幼虫,不久之后便会发育为甲虫;这幼虫身体短小,呈白色,外形似蛆,但比蛆要大;还可用鳕鱼虫或绦虫。找不到蚂蚱时,上述任意一种都不错。

夏夜炎炎时,照此法钓鳟鱼,可谓百试不爽:夜游小溪时,能听到或看见鳟鱼跃出水面扑蝇;倘若手中恰有一只蚂蚱,便可将其挂到鱼钩之上,配以两码左右长的鱼线。在鳟鱼栖身的洞穴旁寻一丛灌木或一棵树,站在其后,用鱼饵上下搅动水面。倘若站得够近,那么鳟鱼必定会咬钩,却不一定能钩住——鳟鱼毕竟不是皮嘴鱼。用此钓法,几乎任意一种活蝇皆可为饵,尤以蚂蚱为佳。

猎人:好师父,我得打断您一下:什么是"皮嘴鱼"?

渔夫:所谓"皮嘴鱼",乃喉中有齿之鱼,譬如白鲑、鲃鱼、鮈鱼和鲤鱼等。只要鱼钩钩上了嘴里的皮,这鱼便几乎再无可能逃脱。与此相反,狗鱼、鲈鱼和鳟鱼的牙齿并不长在喉中,而是在口中;这些鱼口中全是骨头,因而周围皮肤少且薄。一旦碰上这类鱼,鱼钩可就未必能钩住了;除非鱼儿已将鱼钩吞下,否则大有可能逃脱。

猎人:多谢师父教诲! 不过,眼下要怎么处理这条白鲑呢?

渔夫:徒儿,把它送给某个穷苦人吧;我保证,另给你弄条鳟鱼当晚餐。作为新手,倘若能将"首战"成果赠与穷人,他必念你和上帝的恩德,对你的修为亦是件好事——你既沉默不语,想来也不反对我的建议。既然你如此慷慨,愿将这白鲑拱手让人,我便多教你一些白鲑的钓法吧。需注意,钓白鲑时,若是在三、四月,则多用鱼虫;要是到了五、六、七月,选任一蝇、樱桃、切去腿和翅的甲虫、任一蜗牛,抑或是黏土墙中生出的黑蜂做饵,白鲑都会咬钩。倘若在湍急的溪面上放只蚂蚱,或是在水底放只熊蜂幼虫,白鲑是断不会拒绝的;熊蜂幼虫多生于长草间,易在割草时发现。八月后日头凉爽,可调制黄色糨糊做饵:取味最浓的奶酪于石臼中捣碎,加入少许黄油和藏红花,要保证捣烂后糨糊呈柠檬色。有人也习惯在冬季制这糨糊——据说冬季的白鲑肉质最好,体内的叉状骨或是尽数消失、或是变为软骨;这软骨若是用奶酪和松脂一烤,味道堪称一绝。像鳟鱼一样,白鲑也爱食米诺鱼和鲦鱼——关于这两饵和其他饵,我后面还会讲。不过你得记住:天气炎热时,白鲑多漂在水面或水中,而天气凉爽时,则多置身水底。倘若是在水面钓它,以甲虫或蝇为饵,务必配条够长的鱼线,还得站到白鲑视线以外去。最后记得一点:白鲑的卵味道异常鲜美,倘若是条大白鲑,则全身最好的部分当属鱼头,不过喉咙得清洗干净。关于白鲑我就不多说了,只希望你下次能捉上一条。

方才说白鲑要现钓、现杀、先吃——这可不是我吹毛求疵,古时候的人比起我,简直有过之而无不及呢。且听我给你讲讲:

塞内加①在《自然问题》一书中曾说过,古人苛求鱼之新鲜,甚至只有将活鱼放入宾客手中,方觉足矣;为此,古人常以玻璃瓶养活鱼,将瓶置于餐厅之中,宴请宾客时,便可直接将活鱼从桌下取出、即刻上桌,且深以为荣。古人甚至以眼见鲻鱼死前体色变化为乐。好了,关于白鲑,我怕是已说得太多;接下来,该讲讲鳟鱼的习性和钓法了。

渔夫:鳟鱼在英国内外皆享誉盛名。正如古时诗人赞颂美酒,英国子民推崇鹿肉,称赞鳟鱼出身高贵,亦绝不为过。鳟鱼同雄鹿一样,也有时令一说,且每年与雄鹿一同入时令、出时令。格斯纳称,"鳟鱼"这个名字源自德语;它生活在最湍急的溪中、最硬的砂砾上,生性爱洁。若说味美,鲻鱼堪称海鱼最佳,而鳟鱼位列淡水鱼之首;若是当季鳟鱼,便是最刁钻的口,也绝说不出个"不"字。

我得先跟你说:夏天,有些不孕的雌兽肉质不错;同样的,冬天里,有些不孕的鳟鱼尝着也很好。不过,这种情况毕竟不多,大多数还是在五月时节最鲜美,五月后,便同雄鹿一般"失势"了。需注意,同一种鱼在有些国家,譬如德国,其大小、形状和其他特性与在我国的不同,鳟鱼自然也不例外。众所周知,莱蒙湖②,或称日内瓦湖中,生有长三腕尺的鳟鱼;这一点曾被颇有信誉的作家格斯纳证实。墨卡托③还称,日内瓦湖的鳟鱼占了这座名城商品交易的大部。此外,还需知晓几条以盛产小型鳟鱼闻名的河流。我听闻,肯特[①]有一条小溪,其中鳟鱼众多,一个钟头便可捉到二十到四十条,每条都大不过鲍鱼。在与海相通或临海的众多河流中,譬如温彻斯特河和温莎[②]附近的泰晤士河,盛产一种名为"幼鲑"或"一龄鲑"的小鳟鱼,我在这两条河中都曾一次钓上二十到四十条。它们咬钩快,又随意得很,简直与米诺鱼无异。有些人把它认作鲑鱼的鱼苗;不过,这几条河里的小鳟鱼连鲱鱼那么大都长不到。

在坎特伯雷[③]附近的肯特,有一种名为"弗迪兹"的鳟鱼——有座镇名为弗迪兹,这鳟鱼多是在那镇上捉到的,因而得名。弗迪兹极为罕见,多与鲑鱼一般大,不过两者体色不同,倒也分得开。当季的弗迪兹内里呈白色。不过,据说除已故的乔治·黑斯廷[④]爵士外,未曾有人钓上过它;黑翁钓鱼可是个老手了。他曾对我说,鳟鱼咬钩大概并非出于饥饿,不过是猎奇罢了——这点还是很可信的,因为除他以外,许多前人亦对鳟鱼的食性感到好奇,剖开鱼腹后,却未在其中寻得任何异物。

说到此,还有一点需注意:许多作家都曾称,蚂蚱和一些鱼类天生无嘴,只能通过腮部的孔来汲取养分、呼吸吐纳;不过这一过程如何进行,人类就无从得知了。这一点是可信的,以乌鸦为例便可说得通:乌鸦孵完蛋后便不再照管,只将仔鸦交给主,像赞美诗中写的那样,由主"赐食物给向他啼叫的小乌鸦"。这些仔鸦便以露水或巢中生出的虫为食,抑或是以某种凡人所不知的方式生存下来。对于弗迪兹鱼来说,亦是如此:同鹳一样,弗迪兹鱼知道何为时令,在我看来,恐怕它们连具体哪日出海入河都清楚得很。一年中,弗迪兹鱼有九个月在海中居住、进食,其余三个月则在弗迪兹河中"持斋守戒"。为了掌握捞鱼时机,镇民们观察得十分精准,堪称片刻不差。他们也十分骄傲,自称当地河中所产鳟鱼举世最佳,其他河流只能望尘莫及。与此相似,萨塞克斯[⑤]也盛产几种鱼,分别是塞尔西的鸟蛤,奇切斯特的龙虾,阿伦德尔的鲻鱼和安博利的鳟鱼。

关于弗迪兹,你还得知道一点:人们认为它在淡水中不进食。这点还是相信为佳:众所周知,燕子、蝙蝠和鹡鸰[⑭]被称作"半年鸟";在英格兰,一年中只有半年能看到它们,到圣米迦勒节[⑮]前后,这些小家伙便离开我们,去往更温暖的地方过冬。不过,总有些没能跟上同伴的——人们曾在空心的树干或泥洞中一次发现上万只鸟,它们留在此地,睡过整个冬天,什么也不吃。艾尔伯图斯[⑯]还曾见过一种青蛙,从八月末开始主动禁食,直至整个冬天结束。这些事听上去匪夷所思,倒也为众人所知,因而无可怀疑。

关于弗迪兹,暂且就说这么多吧。反正钓起来也没什么乐子。它们要么是像燕子或青蛙那样,凭借早先在海中吃下的肉、抑或是仅凭淡水过活;要么是像天堂鸟或变色龙那样,把阳光和空气当养分。

在诺森伯兰郡[⑰],有一鳟鱼名"公牛",比南部的任一种鳟鱼都更长、更大。在与海相通的许多河流中,还有一鱼名为"鲑鳟",形状和斑点都与其他鳟鱼大不同;我们有时也会发现外国的羊与本国的形状和大小不同,毛质也有差异,这都不难理解。当然了,就像有些牧场的羊长得格外大一样,河流因为地下的土质不同,产出的鳟鱼大小也不同。

我还希望你记住一件事:与其他鱼不同,鳟鱼能在短期内迅速生长。你得知道,鳟鱼的寿命不像鲈鱼和其他鱼类那么长;关于这一点,弗朗西斯·培根[⑱]先生曾在《生死史》一书中有所提及。

此外,鳟鱼与鳄鱼不同:鳄鱼命虽短,身体却不断生长,直至死亡;鳟鱼发育完毕后,就算是长,也只长在头部,身体只会日渐萎缩。鳟鱼产卵前如有神助,可穿过鱼梁[⑲]和防洪闸门逆流而上,便是那高山、急流,虽看似不可逾越,实不可阻。鳟鱼通常在十月或十一月产卵,不过,在某些个河流中,也会有提前或滞后的时候——这一点很明显,因为多数鱼都在春、夏产卵,那时阳光普照,土壤与河水温度较高,适宜繁殖。还有,鳟鱼时令外的日子长达数月,这一点跟公牛和公鹿很像:鹿和牛在长达数月间都不会增重,而同一牧场中的马,仅一月便膘肥体壮。你还会发现,多数鱼类在恢复体力、长膘和入时令方面都快于鳟鱼。

阳光照射土壤河水、温度升高之前,鳟鱼总是一副病恹恹的样子,体瘦多虱,鱼肉也不滋补;而到冬天,鳟鱼的头便显得极大,体瘦且长,还多寄生有一种鳟鱼虱——鳟鱼虱状似丁香,亦像大头针,它寄生鳟鱼身上,以鳟鱼维生的体液为食。唯有天气转暖时,鳟鱼才能摆脱此虱,进而茁壮成长。鳟鱼长肥后,便会离开静止的死水,游入湍急的溪流与河滩,将身上的寄生虱蹭掉;等到再长肥一些,鳟鱼便游往更湍急的溪流,静候蝇或米诺鱼到来。鳟鱼尤喜食用蜉蝣,蜉蝣又以鳕鱼虫为食。食用蜉蝣后,鳟鱼会日益健壮,因此,五月末是一年中食鳟鱼的最佳时机,肉肥且味美。

一般说来,红色和黄色的鳟鱼肉质最佳,尽管有如弗迪兹者,色白且味美,却实属不常见。雌的鳟鱼头部一般比雄的小,身体却更肥厚,肉质也更鲜美。要记住:不管鳟鱼、鲑鱼,还是别的什么鱼,只要长有拱背、头又小,便可作为当季的证据。

不过,有些柳树和棕榈树比发芽开花要早于同类,同样,鳟鱼在有些河中入时令比其他的要早。有些冬青和橡树叶子出得晚,则鳟鱼在有些河中入时令也晚。

除常见的几类外,还有些鲜为常人所知的鳟鱼——这几种都归在"鳟鱼"这一大类下,可与多数地区的鸽子类比:鸽子分为家鸽和野鸽,家鸽里又有"隐士"、"小个儿"、信鸽和"庄稼汉"等诸多类,不胜枚举。英国皇家学会[①]近来公布了一项发现,即世上共有三十三种蜘蛛,都归在"蜘蛛"这一名目下。对于许多鱼类、尤其是鳟鱼来说,亦是如此:鳟鱼大小各异,形状、斑点、体色各有不同。好比肯特郡的雌鳟鱼,其体型之硕大,同类断然无法望其项背。此外,亦有一类体型较小的鳟,永远都长不大,然产卵量远超那些大个的鳟鱼;想想鹪鹩和山雀一次能下二十个雏儿,而那雄伟的老鹰与善歌的鸫鸟、乌鸫,一窝产不过四五个,鳟鱼也就算不上什么稀奇事了。

好啦,现在就让我一展身手,钓上条鳟鱼来给你瞧瞧。今晚或明早,我还会散一次步,那时再教授你鳟鱼的钓法。

猎人:师父,在我看来,鳟鱼远比白鲑难捉得多;刚才这两个钟头,我一直伴您左右、耐心有加,却不见一只鳟鱼咬钩。

渔夫:徒儿,没尝过不走运的滋味儿,怎么能成个好渔夫?你瞧瞧,这不是有一条了吗,还是条大的呢。且看我怎么把它捉上来。再来上两三个回合,这鱼就没力气啦。瞧,它瘫在那儿不动了吧。看我的厉害!快把抄网®给我。看看,我抓到了吧。怎么样,可算是不负我一番辛劳、你一番苦等了吧?

猎人:师父,要我说,这鳟鱼也真是个贼大胆。眼下拿它怎么办呢?

渔夫:哈哈,当然是拿它当晚餐吃啦!我们回小酒馆找女店主去:今早出门时,我好兄弟彼得托她捎了句话,说今晚要带个朋友来过夜。彼得不单是个好渔夫,更是个好伙伴。酒馆里头有两张床,好的那张应该是留给咱俩的。既然彼得跟他朋友来了,我们晚上便可一道乐一乐,讲讲故事、唱唱歌,或是玩点无伤大雅的小游戏来消磨时间,既不会贬损上帝,也不会惹恼他人。

猎人:这当真不错。师父,我们回去吧——酒馆里的床单洗得干干净净,闻着跟薰衣草一般香,我真想躺上去歇歇。好师父,我们现在就动身吧,钓了这么久的鱼,我可又饿了。

渔夫:不,好徒儿,再等会儿。刚刚那条鳟鱼是以鱼虫做饵钓上来的,现在我

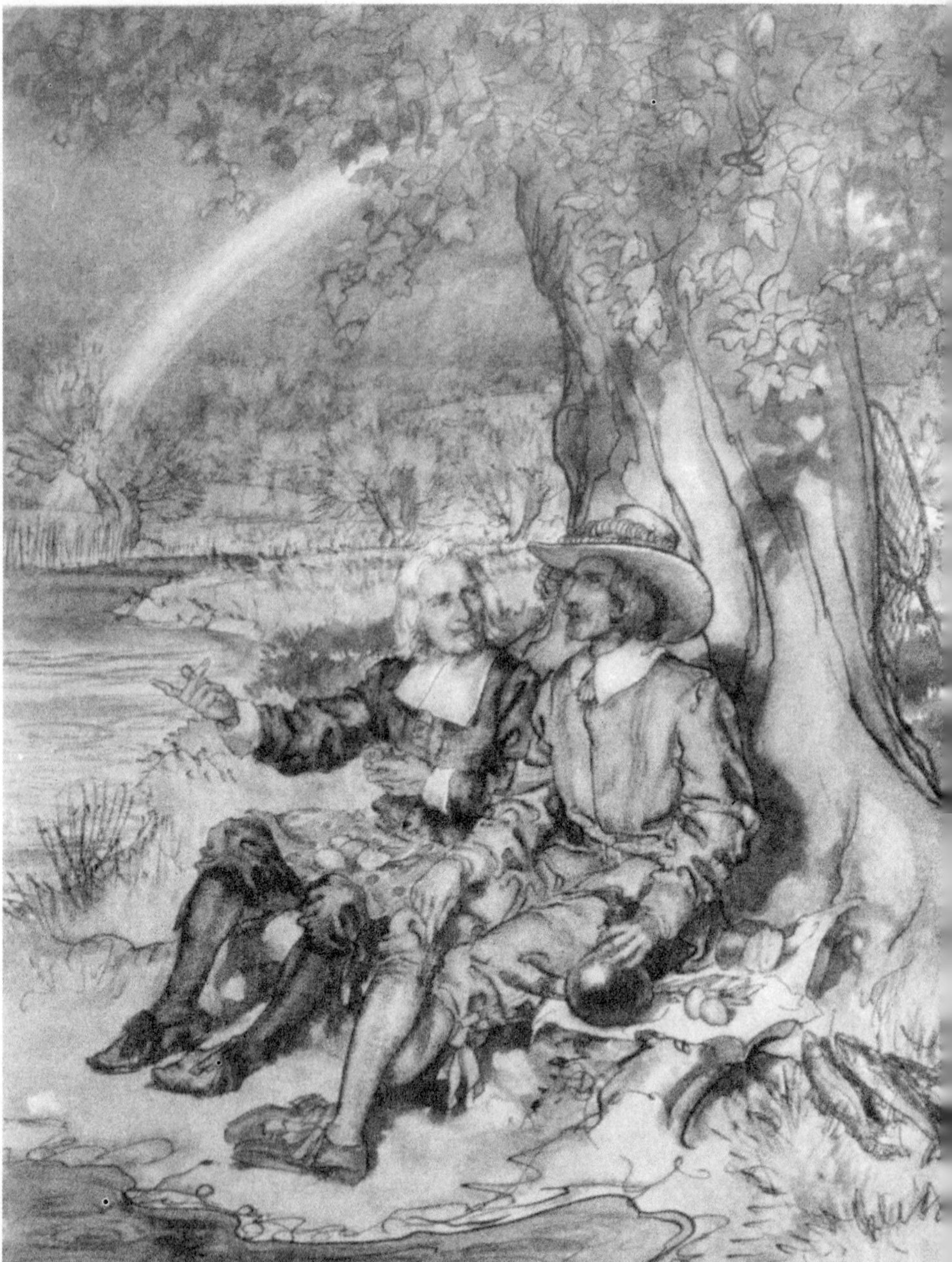
Arthur Rackham

以米诺鱼代之,到那边树旁再试上一刻钟,看能否再钓上一条;之后,我们就回酒馆啦。瞧着吧,徒儿,到了那边,要么能立马钓上一条,要么就什么都钓不着。你就记住我的话吧。是条白鲑!嗬,这头可真够大的!来,把它悬到那根柳枝上,咱们就往回走吧。好徒儿,我们先绕道,到那高高的金银花树篱去;到了那边,我们可以闲坐片刻,唱唱小曲儿。瞧这柔风细雨,落在这生机勃勃的大地之上,竟使得那装点绿草的鲜花也散发幽香阵阵呢!

瞧那棵枝叶繁茂的山毛榉!我上回走这条路钓鱼时,曾在那树下坐过;那时,附近树林里的鸟儿啁啾作鸣,那长满迎春花的山脊上有棵空心树,发出阵阵回响,引得鸟儿竞相应和。我坐在那里,望着那银色的溪流静静涌向狂暴的海洋;这溪流不时为崎岖的树根与鹅卵石所阻,碎裂为泡沫。有时,我也望望那无害的羊羔以消磨时光:有的羊羔在阴凉里稳稳地跳跃,有的在艳阳下打闹嬉戏,还有的在母亲膨胀的乳房下贪婪吮吸。我坐在那里,心房填满了这一幅幅风景,满心欢喜,不禁回想起一位诗人笔下的喜悦之辞:

那一刻,吾身飞离地面,吾之乐乃平生难得。

那天,我离开此地去往别处时,又偶遇一乐事:我碰见一位面相俊俏的挤奶女工——她年纪尚小,心智未满,因此不能体察世人多畏惧之事。这女工无忧无虑,只晓得像只夜莺般纵声高唱。她嗓音清越甜美,更为那小曲儿增色几分;那首小曲儿是吉特·马洛[2]写的,距今怎么也得有五十个年头了。这小女工的妈妈在一旁唱歌与女儿应和,和的是沃尔特·雷利[3]年轻时写过的曲子。这些诗歌虽然有些年头,却当真都是上乘之作;我觉着,如今的人品位刁钻得很,写出来的那些个时髦词句,倒真比不上老曲子来得动听。看那边!瞧瞧,那对母女又在挤奶。我要把这条白鲑奉上,好让她们再给唱唱那两首歌。

上帝保佑您哪,好女士!我今个又去钓鱼了,眼下正回布里克酒舍去歇着呢。今儿个钓了不少,足够我俩饱餐一顿,这条就送给你们母女俩吧,要不我也不会拿去卖。

挤奶女:嗨!先生,愿您早获上帝福报!那我们可就开开心心地饱餐一顿啦。这两个月里,要是您钓鱼时还经过这边,我就用新鲜果汁和牛奶给您调杯乳酒冻,再让小女茅德琳给您唱她最拿手的小调——凡是渔夫,我们母女俩就都喜欢,谁叫他们诚实有礼、不吵不闹呢。您现在想不想来杯红奶牛的牛乳?甭跟我客气。

渔夫:先不喝了,多谢您!不过,我倒想劳烦您帮个忙;这忙不花您一分钱,却能令我们不胜感激——我八九天前经过这草地时,您女儿唱过一首歌。眼下能否再为我们唱一遍?

挤奶女:请问是哪一首呢?是《来吧,牧羊人,装扮你的羊》《午休的杜西娜》[20]《菲莉达嘲讽我》[21]《切维猎曲》[22]《约翰尼·阿姆斯特朗》[23],还是《特洛伊城》?

渔夫:不,都不是。是您女儿唱了前一半、您和了后一半的那首。

挤奶女:喔,我知道您说的是哪首了。学这歌的前半首时,我还是个姑娘家,也就跟这小丫头一般年纪;两三年前,我将这歌的后半首学了,歌词倒真是应景——到了这个年纪,终究开始为世间种种忧心事所困。不过,我们母女俩会把这整首歌都唱给您二位的,还得尽力唱好,谁叫我们都喜欢渔夫呢。来吧,茅德琳,把前半首唱给这二位绅士听听,唱得开心点;等你唱完了,我就接上后半首。

挤奶女之歌

来吧,我的心上人

与我同住
共享峡谷、树林
田野、高山之乐

与我同坐石上
观羊倌牧我们的羊
浅浅的小河之上
听鸣禽吟唱牧歌②

我将以玫瑰为材
为你筑温床
铺满花朵
浓郁芬芳
还要为你
做帽一顶、裙一件
绣上番樱桃叶

取最好的羊羔毛
为你缝一件袍
再为你做一双鞋御寒
真金做搭扣

再用稻草和藤芽

做系带一条

珊瑚为扣

琥珀为饰

若你为之心动

来吧,我的心上人

与我同住

那珍贵银盘

有如神物

我用它为你献珍馐

珍馐奉上象牙台

你我台旁同坐

每个五月的清晨

牧羊郎且歌且舞

只为博你一笑

我的心上人

若你心向往之

快来与我同住

猎人:师父,这首歌当真妙得很,茅德琳的歌声更是甜美。难怪每当五月来临时,伟大的伊丽莎白女王总希望自己是位挤奶女工,只因她们日日无忧无虑,只消白天唱唱歌、夜里安稳睡觉;我们诚实、天真而貌美的茅德琳,不正是这样吗？我要引汤姆斯·奥弗伯里[8]爵士之言，愿茅德琳"于春日里辞世，裹尸布旁堆满鲜花"。

茅德琳的母亲应和：

倘若世界和情爱还年少
倘若牧羊郎字字为真
为着这无比的快乐
我愿与你同住
做你的心上人

然韶光易逝
羊群离开田野
复入羊圈
河流咆哮
岩石转冷
夜莺缄默
年岁渐大
怨忿终至

花朵飘零
田野苍茫
寒冬将至
虽巧言令色

实心硬如铁

幻象如春暖

苦痛似霜寒

尔之袍

尔之鞋

尔之玫瑰榻

尔之帽

尔之裙

尔之花

不日凋零

抛却脑后

兴由愚蠢生

又于理智死

尔之系带

尔之珊瑚扣

尔之琥珀饰

何以令吾与尔同住

话情叙爱

何谈那常人难享

华而不实之珍馐

唯主赏赐之膳食

于凡人足够

惟青春永驻,爱源长流

喜悦无尽,年岁不增

愿与尔同住

共话情事

挤奶女:好啦,我也唱完啦！不过,二位渔夫先生还请留步,我让茅德琳再给你们唱首短的。茅德琳,唱唱昨晚那首歌吧,就是牧羊郎克里顿给你和表姐贝蒂伴奏的那首;他的燕麦秆①吹得真是不错。

茅德琳:好的,妈妈。

我刚娶了一房妻,不料命竟更不济

此妇乃我心头爱,娶她不是为彩礼

年年岁岁面色衰,韶华容光转瞬逝

不如娶房壮姑娘,提桶踏霜将奶挤

渔夫:小姑娘,唱得好啊,多谢了！过些日子,我再送上鱼一条,还请二位再唱一首。好了,我的徒儿,让茅德琳好生歇歇吧——这么个难得的嗓子,累坏了还行？瞧,咱们的女店主打那边儿来了,一定是来叫我们吃饭的！怎么样,我兄弟彼得到了吗?

女店主:到了,还带了位朋友来。那两位听说你在,都高兴得很,直说想见见

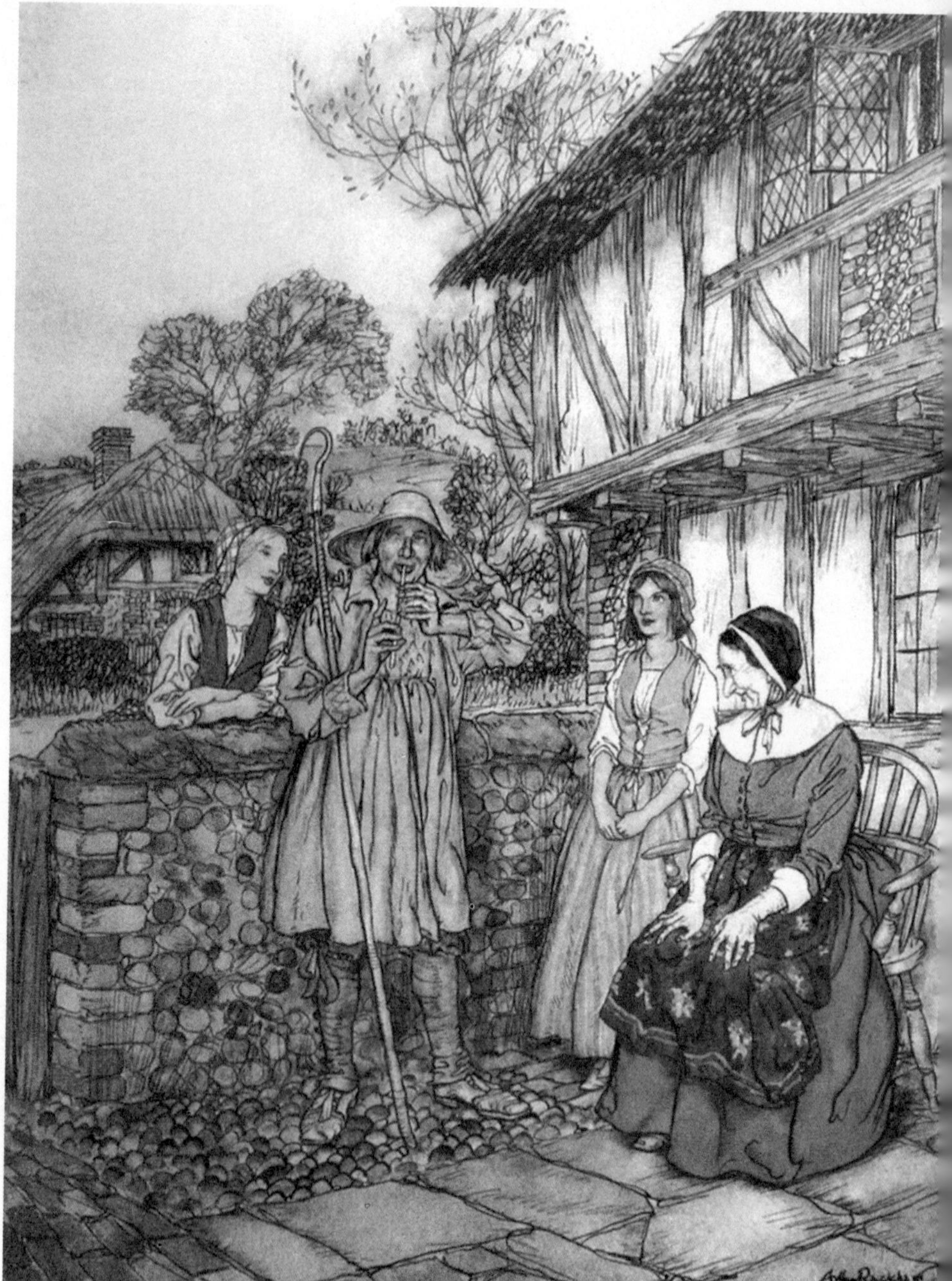

你。他们两人有些饿了,急着吃晚饭呢。

渔夫:幸会啊,彼得老兄!听说你和一位朋友今晚会在此地过夜,因此我也带了位朋友来;他也想加入我们渔夫这行,不过,今天才是他第一天"入行"。我刚教会他用蚂蚱做饵,他就捉了一条足足十九英寸长的大白鲑。不过话说回来,老兄,你朋友在哪儿呢?

彼得:渔夫兄,我朋友是个纯朴的乡下汉,名叫克里顿,可是个不折不扣的聪明人哪!他来这儿就是为吃顿鳟鱼、找找乐子的。跟他见面后,我的鱼线都没下过水呢。不过,我倒想捉条鳟鱼给他当早餐,所以明儿得起个大早。

渔夫:得啦,老兄,别忙活啦——瞧,我这儿就有条现成的,六个人都够吃。来,女店主,现在就把这鱼做了吧。您这儿有什么肉,尽管给我们端上来,再来点儿最好的大麦酒——咱们的先辈就好这一口,喝的是身强体壮、健康长寿,还行善积德呢。

彼得:要我说,这鳟鱼正当季哪!来,我可得好好谢谢你——这杯敬你,也敬天下所有的渔夫,还祝你这位小兄弟明天好运。鱼竿嘛,我满可以给他配上一条,不过其他的钓具就得归你管啦:咱们给他"装备"齐整了,才能算个真格的渔夫。我再说句他听了一准儿高兴的话:从米诺鱼到鲑鱼,但凡我见过的,上至繁殖天性、下至捞捕烹法,就没有你不知道的。他既拜了你这么个"名师",幸得你悉心教授,将来必定能成个"高徒"。

渔夫:老兄啊,我这徒弟当真是对我胃口:他为人自在又活泼,叫人看着就高兴,还不失礼数,所以啊,凡我所知,我必悉心教授,绝无保留。徒儿,为师说到做到。来,咱们爷俩干了这杯酒,敬天下所有与渔夫为善、喜爱垂钓之人。

猎人:好师父,我保证,您教我绝不会是"竹篮打水一场空"。我一定尽我所能,不辜负您一番美意。我必听从教诲,心怀感激,尽心尽力地报答您。

渔夫:好徒儿,足矣,足矣!我们用晚餐吧。来,克里顿小兄弟,这鳟鱼看着不错吧?它捉上来时足有二十二英寸长呢,鱼腹上有的地方金灿灿的,看着像金盏花,有的地方白晃晃的,看着像百合。不过呀,要我说,这鳟鱼还是在酱汁里卖相最好。

克里顿:老兄,你说的真是不假。这鱼不单单看着美,吃着也地道。我和彼得都得好好谢谢你:要不是你的鱼,他可就得"挨批"啦,谁让他没去钓呢。

彼得:是啊,我俩都得谢谢你。等吃完晚饭,叫克里顿给你唱首小曲儿,聊表谢意。

克里顿:要我唱可以,不过别人也得唱,不然我可不干。我唱歌不为混饭吃,只为让朋友开心。有道是:"人人都唱歌,厅中享欢乐。"

渔夫:我保证,一会儿我唱首刚写成的新歌——这是我请威廉·巴斯[®]先生写的。巴斯先生写过不少出名的曲子,《飞奔的猎人》《疯子汤姆》,等等,都出自他笔下。眼下我要唱的这首是赞美垂钓的。

克里顿:我要唱的是首赞颂乡下人生活的。其余人呢?你们唱什么?

彼得:明晚我们不是还在一起吗?我保证,那时另唱一首赞美垂钓的歌,再一起喝上一杯。等到后天,我们就得放下鱼竿,各干各的去了。

猎人:就这么定了。明晚我也献歌一首,给大家添点乐子;我们既不用失礼数,也能像叫花子一样快乐。

渔夫:诸位,那就这么定了。咱们先做个祷告,再去火炉旁烤烤火,喝上一杯,润润喉咙,把所有的不快都"唱"跑。来吧,伙计们,谁先来?我觉着抽签最好,省得大家互相"谦让"。

彼得:就这么定了。瞧,克里顿中签了!

克里顿:好,那我就献丑了。我可最烦"谦让"了。

　　克里顿之歌
农夫平日心满足
嗨哟嗨哟呼嗨哟
唯有沉思据我心
忧愁自不与我行

朝廷之中多吹捧
尔虞我诈亦煎熬
嗨哟嗨哟呼嗨哟
市井一派荒唐气
盛气凌人不自省
忧愁自不与我行

农夫言语真性情
嗨哟嗨哟呼嗨哟
耕种起来自潇洒
有马有车多豪气
忧愁自不与我行

精细羊皮制我衣
灰衣粗布饰我妻

嗨哟嗨哟呼嗨哟

衣虽不华却添暖

延年益寿更贴心

忧愁自不与我行

农夫整日耕田忙

休息之日把歌唱

嗨哟嗨哟呼嗨哟

悠闲快乐胜帝王

忧愁自不与我行

天降瑞雨酬我劳

嗨哟嗨哟呼嗨哟

大地赐吾阴凉地
忧愁自不与我行

杜鹃夜莺欢声唱
嗨哟嗨哟呼嗨哟
美妙歌声迎春到
忧愁自不与我行

农夫生活乐趣多
三言两语不够说
嗨哟嗨哟呼嗨哟
他人不知农夫乐
呼尔同尝农事趣

渔夫：克里顿，唱得真不错啊！这歌不光精气神足，还应景得很。就凭这首歌，我就认定你这个人啦！真希望你也是个渔夫——能有个快快活活的同伴，彼此不赌咒骂人、不说下流话，那真是比黄金还珍贵。夜里作了乐，不应令人明日回想时心生羞愧、无颜见人，也不应使不胜酒力之人后悔在酒酣之时多花了钱；这才是"作乐"的奥义。记住了：若是有这样的光景、这样的朋友，个中乐趣远胜大笔财富；正所谓"宴席之美在于伴，不在酒席钱"嘛。我觉得你就是个称心的朋友；多谢了！

不过，我可不会借着夸奖你故意把我的歌拖延过去。我可开唱啦，还望诸位喜欢。

渔夫之歌

外在言行，皆由心生
有人爱犬，有人乐鹰
有人偏爱，内室作乐
或打网球，或逗情妇
我既不羡，也绝不妒
闲时垂钓，乃我去处

捕猎之人，常骑危马
耍鹰之人，东跑西顾
留恋游戏，皆有一输
贪恋红颜，陷阱不顾
唯有垂钓，忧虑全无

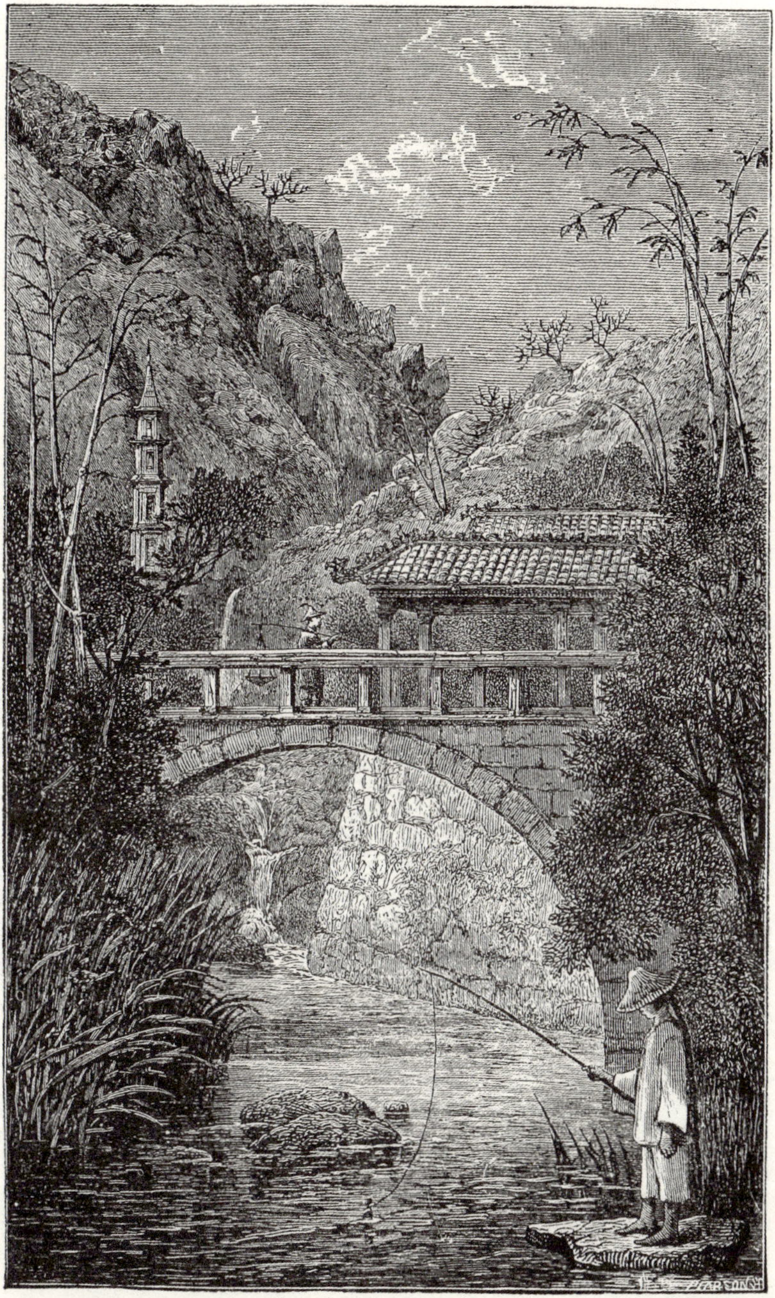

万般娱乐,垂钓最易
其他种种,身心皆疲
唯有垂钓,一手可为
坐等上钩,亦可读书

不慕大海,唯恋小溪
轻柔回转,引吾效仿
温和有礼,再接再厉
过往不敬,叹息不已

胆怯鳟鱼,咬我钩饵
蝇头小利,何其贪婪
时有慧鱼,从不上钩
赞其聪慧,不为利动

垂钓之时,饮食清淡
丰收之时,大摆筵席
高朋满座,喜不自胜
有座上宾,胜鱼上钩

囊中有获,固然欢喜
分而享之,更合我意

我等渔夫，推己及人
世间种种，不及垂钓
垂钓之余，可赞上帝

创世之初，上帝选徒
初始之徒，即为渔夫
我主离世，终食为鱼
此生不悔，愿步后尘

克里顿：唱得好啊，老兄，我们投了"桃"，你可真是报了个好"李"啊。写这歌的必是个大善人，我们渔夫个个受其恩泽。来，女店主，再给我们上点酒，我们且敬这作者一杯。好啦，现在咱们各睡各的吧，明儿个还得早起呢；不过，眼下先把账结了吧——我明天日出前就得动身，可不想有什么事耽搁了。

彼得：就这么说定了。来，克里顿，咱两个睡一张床。渔夫老兄，你就跟你的徒弟一起睡吧。不过，我们明晚在哪里碰头呢？我和克里顿要沿河走，往上游去到威尔那边。

渔夫：我和徒儿要往下游走，去沃尔瑟姆①。

克里顿：那咱们还是在此处碰头吧。这小酒馆床单干净，闻着像薰衣草，怪香的，而且别处也找不着这么地道的肉哇。

彼得：就这么定了。各位晚安。

渔夫：各位晚安。

猎人：各位晚安。

注释

① 爱德华一世(1239—1307):英格兰国王,其父为亨利三世。爱德华一世奉行积极的内外政策,也对苏格兰人民进行了残酷的镇压。

② 理查二世(1367—1400):黑太子爱德华最年幼的儿子。1377年时,年仅十岁的理查二世登基成为英格兰国王,在位二十二年后被废除。

③ 淡黄油指用巴氏杀菌后的奶油制作的黄油,制作过程中不加盐。

④ 码是英美制长度单位,一码约等于0.9144米。

⑤ 皮嘴鱼的定义下文会提及。

⑥ 塞内加(公元前4—65):古罗马著名哲学家,曾是尼禄皇帝的顾问。其代表作为《疯狂的赫拉克勒斯》和《特洛伊妇女》。

⑦ 莱蒙湖别名为日内瓦湖,位于瑞士的日内瓦近郊,与法国东部接壤。

⑧ 墨卡托(1512—1594):荷兰地图制图学家。他曾在1568年制成航海地图,被称作"墨卡托投影"。

⑨ 肯特是英国英格兰东南部的一个郡。

⑩ 温莎是英国最著名的王室小镇,因温莎古堡而闻名。位于伦敦附近。

⑪ 坎特伯雷是位于英国东南部的一座非都市城市。

⑫ 乔治·黑斯廷(1540—1604):英国乡绅,是第四代亨丁顿伯爵。

⑬ 萨塞克斯是英格兰东南部曾存在过的一个郡。

⑭ 鹡鸰是一种走路时尾巴上下摆动的鸟。

⑮ 圣米迦勒节是一个起源于宗教神话的节日,是以天使主力军战士圣米迦勒的名字命名的。在英国和爱尔兰,这一节日被许多教育机构用作每学年第一学期的名字,称为圣米迦勒学期。这一节日大约在秋分前后。

⑯ 艾尔伯图斯·麦格努斯(1200—1280):德国哲学家、理论家和神学家,是德国天主教多明我会的主教。代表作为《物理学》,该书囊括了自然科学、逻辑学、修辞学、数学等众学科知识,内容十分丰富,耗时二十年完成。

⑰ 诺森伯兰郡是位于英国英格兰最北部的一个郡,首府为纽卡斯尔。

⑱ 弗朗西斯·培根(1561—1626):英国唯物主义哲学家和实验科学的创始人,英国文艺复兴时期最重要的散文家和哲学家。"知识就是力量"为其名言。

⑲ 鱼梁是为拦截鱼而人为设置的枝条篱。

⑳ 英国皇家学会成立于1660年,是英国资助科学发展的组织,全称为"伦敦皇家自然知识促进学会",总部位于伦敦。其地位相当于全国科学院。

㉑ 抄网是渔具的一种,为一长柄的网袋,用鱼钩钓起鱼后可用其将鱼捞离水面。

㉒ 此处应指克里斯托弗·马洛(1564—1593):英国著名诗人、剧作家。代表作为《浮士

德博士的悲剧》。

㉓沃尔特·雷利(1552—1618)：英国文艺复兴时期的学者，政客，军人，诗人，科学爱好者兼探险家。代表作为《世界史》。

㉔本诗原名应为《杜西娜》，"午休的杜西娜"是本诗的第一句。作者为沃尔特·雷利，展现了一位牧羊人向杜西娜求欢的对话。

㉕《菲莉达嘲讽我》的原作者不详，以一位青年的视角讲述了恋人菲莉达对自己若即若离的态度。

㉖《切维猎曲》的原作者不详。

㉗《约翰尼·阿姆斯特朗》是一首儿歌，讲述了苏格兰平民英雄约翰尼·阿姆斯特朗的英雄事迹(其人于1530年被捕，被时任苏格兰国王的詹姆士五世处死)。

㉘牧歌是十六世纪和十七世纪时流行的一种音乐形式，为无伴奏的合唱歌曲。

㉙汤姆斯·奥弗伯里(1581—1613)：英国诗人，散文家。

㉚燕麦秆被当作一种乐器使用；在英国文化当中，它是田园文化的意象之一。

㉛威廉·巴斯(1583—1653年？)：英国诗人，斯宾塞的追随者，曾为莎士比亚写过一首挽歌。此处提到的歌曲应指他特为艾萨克·沃尔顿写的歌曲，名为《渔夫之歌》。

㉜沃尔瑟姆是位于英格兰东南部的一座城市。

第四日 4
Fourth day

渔夫：早上好啊，女店主，看来彼得老兄还睡着呢。劳烦给我和徒儿来杯晨酒，再来点肉吃吃。对了，还得留出个一两碟肉；到了晚上，我们恐怕都得饿得跟个老雕似的。好啦，徒儿，咱们上路吧。

猎人：好嘞！好师父，咱们往河边走的时候，您不妨教教我怎么钓鳟鱼吧；您上次可是答应好了的。

渔夫：我的好徒儿，那为师就给你讲讲吧。

钓鳟鱼时，通常用的是鱼虫或米诺鱼；有人也将米诺鱼称作"鲦"。用蝇也可以，真的、假的都行。且听我细细道来。

先说鱼虫。说到鱼虫,那种类可就多了去了:有的只肯在土里长,譬如蚯蚓;有的长在植物的内部或外部,譬如奶头虫;有的寄生在粪便或其他生物体内,譬如羊角和鹿角中;还有的寄生在腐肉之上,譬如蛆或软蛆,诸如此类。

对某些鱼来说,这些虫大多都不错;不过,鳟鱼爱吃的主要还是蚯蚓或称沙蚕,还有红蚯蚓。通常用蚯蚓钓大个儿鳟鱼,用红蚯蚓钓小个儿的。有一种沙蚕名为"松鼠尾巴",头部呈红色,背部有一道花纹延伸,尾部宽大——这种沙蚕堪称上佳,最是活蹦乱跳,在水里头活得也最长。要知道,死虫不过是"死饵",跟活蹦乱跳的鱼虫一比,钓上来的东西少得可怜。红蚯蚓多藏身于陈年粪堆中,或是粪堆旁大肆腐败的地界;不过,它们最常出没的地方还属牛粪或猪粪、而不是又热又干的马粪。不过,要说最好的红蚯蚓,还得上皮革里头找——皮匠常把用剩的皮革堆在一块儿,红蚯蚓就爱在里头过活。

世上还有许多种鱼虫,因产地不同,颜色和形状也不同。要说钓鲑鱼,最好的当属沼虫、食客虫、菖蒲虫、码头虫、橡树虫、金尾虫和沙蚕,且远不止于此——其数量之巨,简直如同地上植物、天上飞鸟一般,不胜枚举。我不再赘述,只提醒你一点:不论用哪种虫做饵,最好都事先"清清肠"——也就是说,先养上一阵儿再用。倘若是急用,且用的是沙蚕,就将它整晚浸于水中,再用茴香裹住虫身,放到包里,便可做权宜之计;不过,倘若是红蚯蚓,在水中浸泡不到一个钟头就得捞出水,再裹入茴香作应急用。倘若时间充裕,又想将红蚯蚓养得久些,就把它养在土罐之中,辅以大量青苔,为保新鲜,这青苔夏天里需三四天一换,冬天里需七八天一换;就算换不了这么勤,至少也得常将青苔取出,好生洗净,用手拧干,再放回土罐中。倘若鱼虫、尤其是红蚯蚓,开始瞧着病恹恹的,身量也日渐变小,就得每天给上一勺牛奶或奶油,逐滴浇在青苔上;倘若能在奶油中加个煮熟打碎的鸡蛋,红蚯蚓会日益壮实,保存的时间也长。时刻注意,若红蚯蚓身体中部的结开始膨胀,这就说明它害病了,若是照顾不周全,便只有死路一条。再说说青苔——青苔亦是种类繁多,我可算得上"门儿清";不过眼下不跟你多说,只告诉你,最好的当属形似公鹿角的那种——荒野之中亦有形似鹿角者,色白而质软,难得一见,却绝非佳品。天干气躁时,若遍寻鱼虫而不得,可将核桃叶的汁挤入水,或把盐撒到水里,这么一来,水里就有了苦味或咸味,再将这水泼到鱼虫入夜时常出没处,鱼虫便即刻现身。还需注意,有人称,将樟脑与青苔、鱼虫一并放入包中,鱼虫便会染上一股强烈的气味,扰了鱼的心,倒合了你的意。

好啦,我现在就教你放饵上钩的方法;按我的法子来,操作简单,且用跑线钓鳟鱼时不费钩。所谓"跑线",即是在地面上用手控线。我尽量讲得平实明白些,免得你有所误解。

假设你手上正有只大沙蚕,将钩从虫身中部偏上处刺入,从中部偏下处刺出,最后将虫拉到倒钩上;需注意:鱼钩入虫身时,切不可从头端入,而要从尾端,这么一来,钩便可从头端出。将虫拉到倒钩上后,再将钩刺入其头部,并从首次出虫身的位置刺出,再将倒钩上的虫身向回拉,便可作钓鱼用了。倘若两虫并用,需在钩头转回前放第二只虫上钩。只要拿两三只试上一试,自会水到渠成;掌握了这一技能,垂钓时便可安心在地上跑,不必担心鱼线交缠。你既得心应手,也一定会感激我教了你这一招。

再说说米诺鱼。米诺鱼不易捉,得等到三四月,它才在河中现身。天性使然,冬天时,米诺鱼隐匿在河流附近的沟渠中,于泥浆和野草之间藏身、取暖——冬天里,这处的野草不易腐烂,若是在流动的河水则不然。倘若在河中过冬,米诺鱼必被江河咆哮所扰,被滚滚洪流携卷至磨坊和鱼梁处,头昏脑胀。关于米诺鱼,还得知道这些:首先,个头最大的并不是最好的;其次,中等个头、体白者才最佳;最后,挂饵上钩时,得让这饵能在逆水之时转起来——为着让它转得厉害些,得用个大钩,然后这么干:把钩从饵嘴里穿入,从鳃里拉出,拉到两三英寸长后,再穿钩入嘴,从尾部拉出;最后,用一根白线将钩和饵尾系在一起,宜系得利落些,这么一来,饵在水里头才转得欢。这么做完后,把第二次穿钩时松掉的线拉直,将头系住,饵身在钩上就绷直了。放饵入水,逆流而拖之,看它转得如何;倘若转得不够好,就将鱼尾向左右拉一拉,再放入水,直到转好为止。饵要是转不好,恐怕就得空手而归了;不过,亦不可指望它转得太快。倘若弄不到米诺鱼,小泥鳅、棘鱼或其他小鱼亦可——这些鱼在水中转得都不慢,用着自会顺手。这饵也可事先用盐腌制,腌后可存放三四天,以备不时之需;论选盐,海盐乃上上之选。

　　还有一"秘技",多为钓鱼老手铭记于心,今日我也传授与你。有时候,某些河中确实找不到米诺鱼,这时便造个假的来代替;若是钓鳟鱼,这假米诺鱼和假蝇一样好使。我手里正巧有只现成的,乃是一位巧妇所做,且制作之时,她手边就放着一只活米诺鱼,好做参照。这米诺鱼的身子由布料缝制而成;背部为深色的法国绿绸所做,肚子边上则换用淡绿丝绸——由深入浅,浑然天成,简直栩栩如生;肚腹亦是缝制而成,一半用白绸,一半用银线;尾和鳍则是削细的鸟羽;鱼眼是两颗小黑珠子;鱼头色调讲究,针脚也缝得好,简直就是条活脱脱的米诺鱼,任鳟鱼在水中"眼光如炬",照样骗它个彻底。来,给你,好好瞧瞧:你要是喜欢,我就借你做个样子,你也做个三两条。对渔夫来说,这东西带着方便,用着也不错。大鳟鱼扑这假饵的气势,可丝毫不逊于雄鹰捕山鹑、猎狗逮野兔。我听说,有人在一只鳟鱼腹中发现了一百六十条米诺鱼:要么是这鳟鱼自己吞下的,要么就是送我朋友鱼的那个磨坊主硬塞进去的。

　　再说说蝇。除鱼虫和米诺鱼外,人们也常用蝇钓鳟鱼。蝇种类之多不逊于

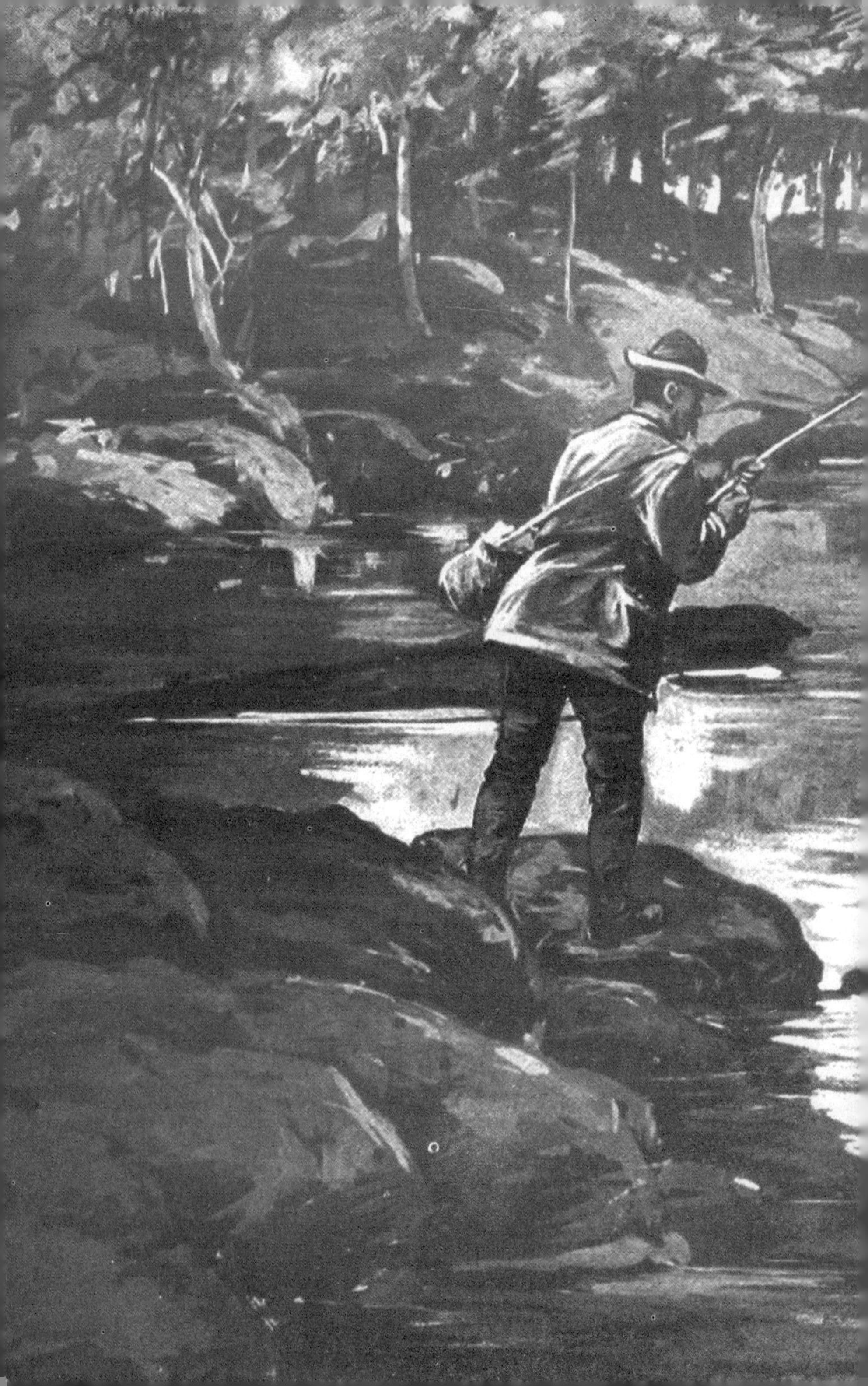

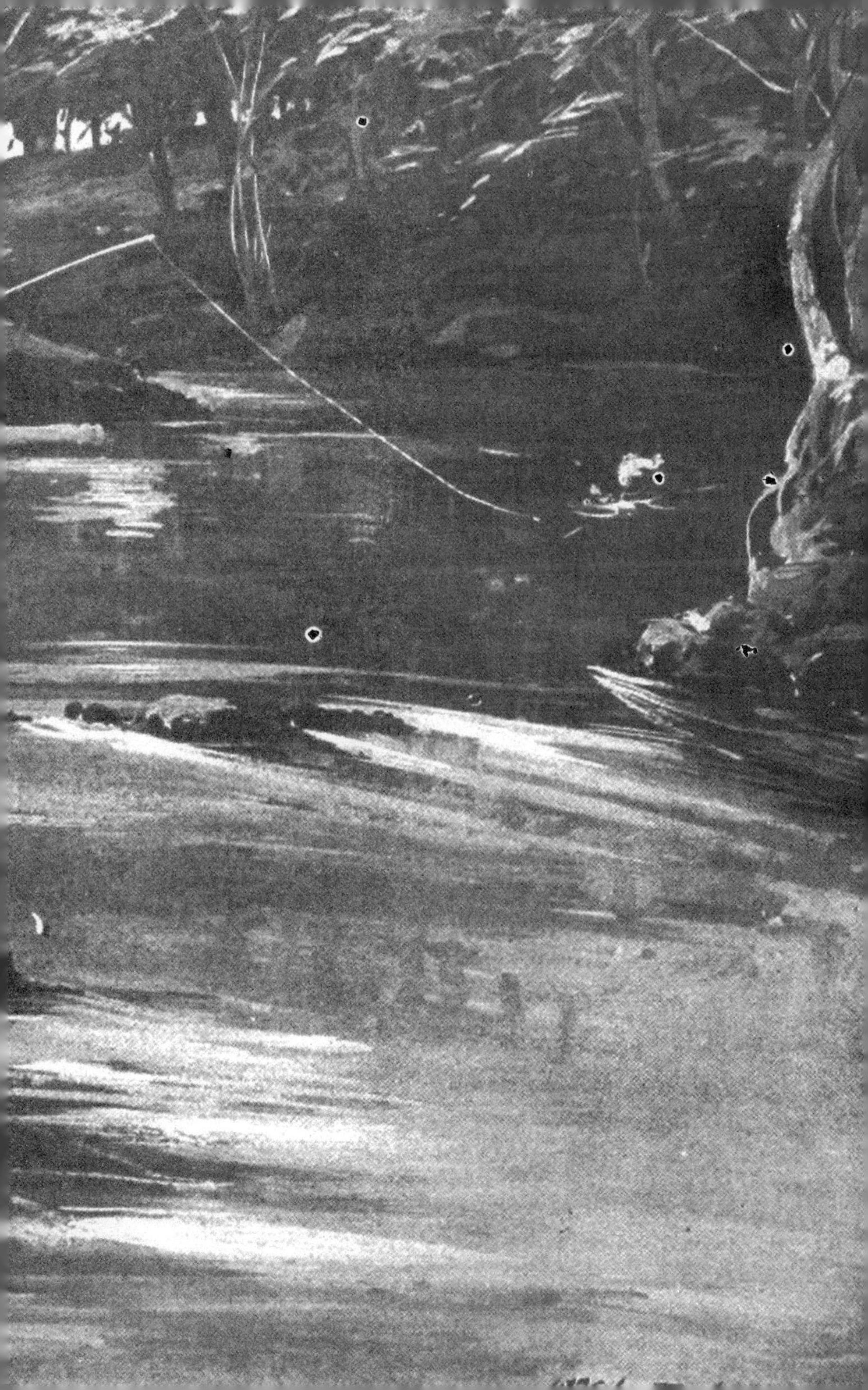

鲜果品类之繁，我不妨为你列举些：褐蝇、石蝇、红蝇、沼蝇、棕蝇、贝蝇、黑蝇、旗蝇、藤蝇，等等，等等。还有毛虫、疳蝇和熊蝇——即便我能列举得完，只怕你也记不全。蝇的繁殖亦称得上"异彩纷呈"，若是尽数道来，只怕我说不清楚，你也厌倦了。

好啦，接下来，我要讲讲毛虫。你既已答应耐心求学，此刻便把精气神鼓足罢。说到这里，你心里恐怕该打起小鼓了：夏日艳阳用种种飞虫装点河岸、草地，既悦了渔夫的眼，又引我们沉思。不过，除此之外，这些小虫儿又有什么好说道呢？我觉着，比起那些不事垂钓之人，这些小虫儿给我的乐趣可要多得多。

普林尼认为，多数虫类生于落在树叶上的春露：有的生自花草上的露；还有的来自甘蓝或卷心菜上的露；不管是何种露，经日光中那催生万物的热量一晒，都会浓缩沉淀，并于三日后"孵"出生灵来。自露中生出的虫，形状与颜色各异：有的身体硬且韧，有的滑且软；有的头部生角，有的尾部生角，有的无角；有的有毛，有的无毛；有的有八对足，有的少些，有的无足——不过，敏而好学的拓普赛尔曾观察到，无足之虫在地面或宽叶上蠕动时，恍若海之波浪起伏。拓普赛尔还发现，有的虫是从毛虫卵中生出的，时候到了，自会化为蝴蝶，而这些蝴蝶的卵下一年又生出毛虫。还有些人称，每种植物都对应特定的蝇或毛虫，为它们提供养分。我曾亲眼见过一只绿色毛虫，体量有小豌豆荚大小，共有七对足：其中四对在腹部，两对在颈下，还有一对在尾部。这虫是在女贞树的树篱上发现的，又被人带走，与一两根女贞的小树枝放入一只大盒中；这虫食树枝与狗啃骨头一般凶猛。绿毛虫在盒中活了五六天，还长壮了些，变了两三次色；不过，因着养虫人疏忽，它还是死了，没能变成蝇。不过，倘若这虫没死，就必定能变成那种人称"食肉蝇"的东西——若是夏天在河边走，就能见着这玩意儿附着在个头小些的蝇身上；我估计它是在以这些小蝇为食。可预见的是，既有食肉大蝇，造物主就必得造些小蝇,好供大蝇取食。至于这小蝇是怎么生出来的,我就说不清楚了。据说这小蝇本就活不过一个钟头,要是为其他蝇所食、或是惨遭灾祸,亦不得寿终正寝。

关于虫和蝇,乐于探索自然之人见闻颇多,怕是无法尽数讲与你听。不过,还是给你讲讲阿尔德罗万迪①、拓普赛尔和诸多前人对毛虫的描述吧:多数虫类仅以特定的草、叶为食,便已心满意足——多数人认为,草叶予虫以生命、充实其躯体,为其提供特定养分,亦为其提供住所;不过,阿尔德罗万迪发现,有一虫名"朝圣者",喜迁徙,爱杂食——与其他虫类不同,"朝圣者"难安身于一处,亦无法忍受单一花草为食,而是大胆出击、随意探索,绝不拘身一地、拘泥一食。

毛虫有多个花色,个个出挑,我不妨为你举例其一,权作"窥一斑而知全豹";待到下月时,你再看那柳树上毛虫的花色,便知我今日所言不虚:毛虫的口唇呈黄色,眼睛似玉般漆黑;额头呈紫色;足与后部呈绿色;尾部分为叉状,呈黑色;周身遍布红斑,沿颈部和肩胛处扩散开来,状似圣安德烈十字②,亦如字母X,且有一条白线从背部延伸至尾部;种种颜色浑然天成,妙不可言。我还曾观察到一点:发育到某个阶段,这虫便停止进食,等到冬天来临时,周身结出一层怪壳,或说怪痂,人们称之为蛹;整个冬天,毛虫便在这蛹中不吃不喝,仿佛死去一般。其它虫类化身为蝇时,春日方至,这毛虫便也化身为色彩斑斓的蝴蝶。

瞧瞧,徒儿,这里有条河阻了我们的去路;我也就不多说了。咱们不妨在这棵金银花树篱下坐坐,我给你寻根线,好配上彼得老兄借你的那根钓竿。我呢,便引迪巴尔塔斯之言,算是为我刚才所说作证吧:

上帝并不满足

仅由生物传美德

他略施智慧

不消劳烦维纳斯③

死物亦能育生灵

蝾螈潮中长

怀子需数冬

触火立时灭

焰虽烈亦然

壁炉之中

火焰熊熊

飞蛾展翅

欲赴其中

无火则蛾死

有火则蛾悦

欣然扑之葬火腹

冰岛之上

鹅仔树中孵

树之累累叶

落水变禽鸟

造化何其殊

破船腐处生藤壶

初为碧绿树

再为富丽舟

复生为蘑菇

而今乃飞鸥

猎人：我的好师父，今早与您一同散步，真是其乐无穷，让徒儿长了不少见识；不过，说到那最招鳟鱼喜欢的假蝇，您何时才会教我制法呢？还有用法，你也一并教了吧？

渔夫：我的徒儿，现在刚过五点钟，我们先钓会儿鱼，等到九点再去吃早饭。到那棵梧桐树下去，把酒壶藏到空心的树根下；时候到了，我们就在那儿好好吃顿早餐，来块儿蘸了酱的牛肉，再来一两根小萝卜——这些东西都在我包里放着呐。我敢说，这么一顿丰盛的早餐，必定令你食指大动。到时候再教你假蝇的制法和用法。这是你的鱼竿和鱼线，不妨先看看我怎么钓，再在一旁有样学样，看你我二人谁能先钓上鱼。

猎人：多谢师父。我必定从旁尽心观察，努力效仿。

渔夫：瞧着，徒儿！你看，我捉到了一条大的——我瞧见了，是条鳟鱼。快搭把手，把捞网放到下头接着！可别碰着我的线，不然就全毁了。做得好！多谢！

又来一条。瞧好吧，又一条上钩了。来，徒儿，先把鱼竿放一边，像刚才似的，帮我把这条弄上岸。好啦，这下子今晚可有的好吃啦！

猎人：真是太好啦！不过我这边儿一点动静都没有。师父，您的鱼竿和渔具肯定都比我的强。

渔夫：不是这么回事儿。来，你用我的，我用你的。瞧着，徒儿，我又来一条!来,再搭把手。又有一条上钩喽——哎哟,让它跑了,还带走了一个钩和半根线!

猎人:哟,白丢条好鱼。

渔夫:不,我可没丢——你得知道,没到手的东西可说不上"丢"。

猎人:师父,换了竿,我也一样钓不着。我就是手气背。

渔夫:瞧着,徒儿,我可又有一条上钩了。既然已钓上了三尾鳟,咱们就先去吃饭吧;趁着这几步路,我再给你讲个小故事。从前有位学者,不,应该说是位牧师,企图获得教区的批准,为信徒们布道。这牧师从同行那拿了份布道文的抄本——这布道文先是由作者传教用,曾大受好评。这牧师便照抄本逐字逐句地传教,谁知这布道文先前被大加赞赏,换到他这里却不受欢迎;于是,牧师便跑去向借他抄本的人抱怨,却得到这般回答:"我借你这抄本,就好比借你一把琴,而非琴弓——你得知道,我的话由我说是最合适的,却并不适合人人。"所以说啊,徒儿,你得知道,颂文时口齿不清,南腔北调,好好的一篇布道文就糟蹋了;同样,倘若不会用线,或是找偏了地方,都只是白费工夫。尽管你已有了我的"琴",即我刚才所用的鱼竿和渔具,你却并没能得到我的"琴弓",也就是说,你尚不懂得该如何控线,该把线放到哪里;这些我都会教给你的。你记住,我告诉过你,垂钓是一门艺术,要么需常常练习,要么需长期观察,或两者兼而有之。不过有一点:用鱼虫钓鳟鱼时,要根据溪流的情况判断鱼线承重,也就是说,水流湍急时,可多放些;水势平缓时,便少放些;总之,只要确保鱼饵能沉底,还能在水中蹦跶,也就行了。

好啦,我们做个餐前祷告,然后开吃吧。怎么样,徒儿,我这老渔夫还算是有远见吧?这肉尝着可还好?这吃饭的地儿选得还行?坐在这梧桐底下,太阳就晒不着喽。

猎人:您说的都对,我的胃口更是不错。此时此刻,我想起虔诚的莱昂纳德

丝·莱修斯[①]曾说过的一番话,果然真知灼见:

贫者与常持斋之人,一旦进食,便比富人和馋鬼享受得多,只因后者肚肠满满还嚷着要吃,便失去享"饿"之机,缺了穷人之乐。

我也十分赞同您的话:

若做个成日醉醺醺的皇帝,还不如做个有礼有节、踏踏实实、性情温和的穷渔夫。

不过,这样的皇帝,世上还是没有好些罢!我敢说,此前虽未少登华宴,却连这早餐的一半都不及,从未令我如此心满意足;单为了这个,我也该感恩上帝的慷慨、师父的馈赠。

好师父,眼下您就信守承诺,给我讲讲假蝇的制法和用法吧!

渔夫:好徒儿,为师既已许了诺,便如你所愿。不过,未免你奢望太多,我且随意讲讲一位好友近来教我的东西——这位老哥既聪明又实诚,尤其擅长用蝇钓鱼。

需记住,共有十二种假蝇,皆可用于在水面钓鱼。用假蝇,当选取狂风大作之时——这种天气下,河水一派升腾,活蝇既见不着,也难在水面栖息。这十二种蝇中,第一种是褐蝇,多在三月使用——虫身由暗褐色毛制成,翅膀则是山鹑羽质地;第二种也是褐蝇,虫身由黑色毛制成,翅膀取自黑鸭尾下羽;第三种是石蝇,多于四月使用,虫身由黑色毛制成,翅下和尾下由黄色鸭翅羽做就;第四种是红蝇,多用于五月伊始,其身由红色毛制成,外裹黑色丝绸,取鸭翅羽为毛,身侧还饰以阉鸡红羽,垂向尾部;第五种是黄蝇或绿蝇,也在五月使用,虫身由黄色毛制成,翅由红公鸡的颈羽或尾羽做就;第六种是黑蝇,仍旧用于五月,虫身由黑色毛制成,裹以孔雀尾毛,翅则由棕色阉鸡的翅羽做就,头部安插阉鸡蓝羽;第七种是暗黄蝇,用于六月,虫身由黑色毛制成,身两侧各饰有一道黄边,取秃鹰翅毛做翅,再用打散的黑色大麻捆住;第八种为沼蝇,虫身由黑灰色毛制成,翅膀由黑色鸭羽做就;第九种是茶蝇,多到六月中旬才用,虫身由黄褐色毛做就,两翅对立而置,由野鸭的白羽制成;第十种为黄蜂,多用于七月,虫身由黑色毛制成,外裹黄色丝绸,翅膀则由鸭或秃鹰的翅羽做成;第十一种为贝蝇,七月中旬用得多,身体由绿色毛制成,包裹孔雀尾毛,翅膀则由秃鹰翅羽做成;最后一种是黑鸭蝇,多用于八月,虫身由黑色毛制成,裹以黑色丝绸,翅膀则由黑鸭的羽毛做就,头部也呈黑色。好啦,有了这十二种假蝇,就足以骗过河里的所有鳟鱼啦。

我再教你些别的用蝇钓鱼的法子;这些法子都是托马斯·巴克先生教的;他是位绅士,多年来一直研习垂钓之术;不过我倒不会照搬,而是做些改动。

首先,你得选根轻快的钓竿,还得不容易折。要我说,两截式的最好不过了。你的鱼线,尤其是跟鱼钩相接的那半米到一米,切不可粗于三四根毛发;线的上端倒是可以粗些,不过,倘若能用住一根毛粗细的鱼线,鱼咬钩的次数就多些,收成也好些。要小心大多数人都有的毛病:鱼线搞得太长,反而碍手碍脚。开钓之前,要保证背朝风,倘若当日有太阳,还得面朝阳;且要顺着水流钓。钓竿的顶得冲着下方,这么一来,人和竿在水上的投影最小,也就不容易把鱼吓走——这鱼什么影子都怕,要是不小心,就只能乘兴而来、败兴而归啦。

三月中旬之前,根本别指望能钓着鳟鱼;等到四月份,天空阴沉,且有风或多云之时,方是钓它的"良辰"。我曾告诉过你,钓鳟鱼以毛虫为最佳;不过,毛虫亦分多种,至少颜色上也有所区分:以蝇钓鱼,终归得以毛虫和蜉蝣为基。制法

如下:

第一步,穿线入钩,剪褐色野鸭羽毛做虫翅,减多减少视钩的尺寸来定;将羽毛外缘冲着钩那一侧,羽根靠向钩柄侧。取与穿钩时相同的线,绕鱼钩拴上三四圈,系紧,再取公鸡或阉鸡的颈羽,若是能取鸰⑤头上的毛,则更佳:取羽毛一端,与颈羽、丝线、金银线捆到鱼钩弯处,也就是倒钩下方,然后将颈羽和金银线往翅的方向上绕——缠丝线时,需不时抽出手指,以防"挡路",每缠一圈时,还得看看材料是否平整——倘若还平整,就将头部缠紧。再将颈羽缠到头部,且要缠紧。寻一枚针,将翅一分为二,再将倒钩上的丝线缠到两翅交叉处,令其分开;用拇指将羽根推至鱼钩弯处,在钩柄上缠个三四圈,看看比例好不好——倘若觉得还满意,系紧即可。

要说制蝇,倘若一个人天生愚钝,那么无论如何教授,皆不能令其得法;不过,倘若本就是个伶俐的渔夫,平日里又勤练习,必会大有长进。要想学会制蝇,最好的办法就是瞧瞧老手怎么做;然后呢,倘若有心,就该去水边走走,看看落到河面上的都是些什么蝇,若能引得鳟鱼出水来扑,就捉它一只。身上还得常备鱼钩和钓包,包中得备着熊毛、棕、暗色母鸡羽或公鸡、阉鸡的颈羽,各色绸子和丝线,可制蝇身;又备有野鸭头羽,黑、棕色羊毛或猪毛,金银线和各色丝线,尤其是暗色的,可做蝇头;亦备有其他颜色的小鸟和野禽羽毛。要我说,只要包里常备这些材料,时时刻刻想着怎么把蝇做好,那么,即便开始时不顺遂,终有一日也必会成功,乃达"无师自通"之境。倘若假蝇制得好,运气又好,寻到鳟鱼多的地方,天色暗,风向也合适,必然能满载而归,进而更喜制蝇了。

猎人:不过,我的好师父啊,总还是有风向不对的时候嘛。要真是那样,我倒希望身在拉普兰德⑥,好从某个诚实的巫师手里买上一阵风——那地方风多,价格也公道。

渔夫:哈哈,徒儿,我看倒不必去什么拉普兰德——从这树下向外望,天已下起雨来;你再看看那云,要是我没猜错,马上就要下一场"雾夹雨"啦。咱俩坐近点,这棵金银花树还能遮一遮。我再多讲些用蝇钓鳟的方法;我想到哪儿就说到哪儿吧。

先来说说风向:你得记着,南风据说是最好的。有人曾说:

风从南面来,送饵入鱼口。

仅次于南风的就是西风了;我曾告诉过你,东风为下下之选,那你自然明白,再次于西风的就该是北风了。所罗门曾说,"天天望风向,迟迟不撒种。"同样地,倘若刮的不是东风、天又不是极冷,还要一个劲儿地坐观风向,这恐怕就有点迷信了:有人曾说,"好马无劣色。"要我说,若是空中有云,天气又不极冷,就让风随便刮去吧,爱往哪儿刮就往哪儿刮,反正我不去管它。还得记着这条规矩:钓鱼时尽量选下风岸。还有,比照夏天,冬天里的鱼离河底更近,潜水更深;天气冷时,鱼也会往河底扎堆,因此,选下风岸为最宜。

你看,这雨且得下一会儿呢;我既答应了多讲授些用蝇钓鳟的方法,不妨就趁着这工夫吧。先讲蜉蝣:蜉蝣之身可用绿色或翠柳色的丝做成,再缠上过蜡的线,或安插黑毛或银线;至于翅膀,不妨做成蜉蝣当季,不,当天在水上所呈现的颜色。若是要制橡树蝇,就以橙色、黄褐色或黑色为底,用野鸭的棕色羽制成翅膀。需记住,蜉蝣和橡树蝇乃蝇中之最佳。

为师再叮嘱你一遍:钓鱼时,不管是用蝇还是鱼虫,都尽可能站得离水面远一些,且需顺水而钓。倘若用蝇钓鱼,仅让蝇触水即可,尽量别让线触水;你自己要顺着水流走,还得让蝇在水上移动,或是进入水中。

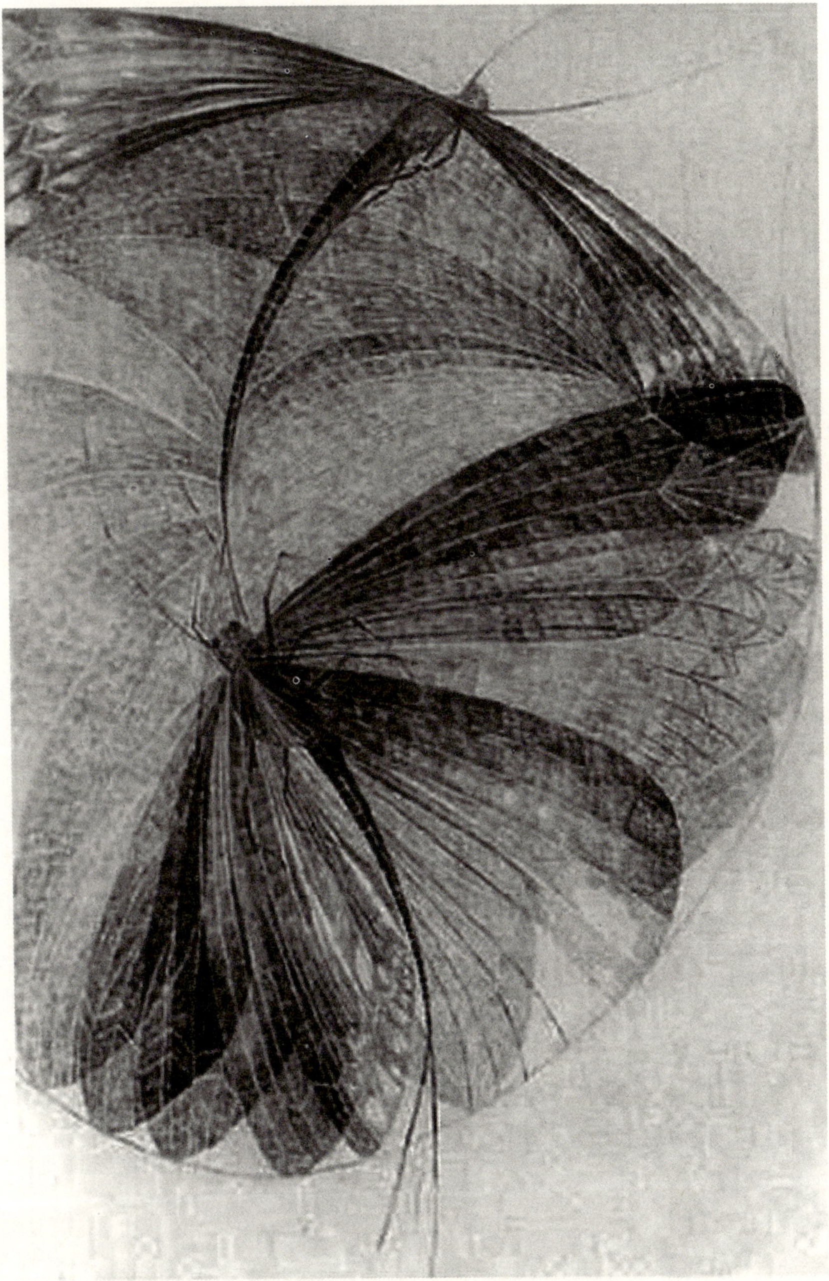

巴克先生曾推荐过几种毛虫：这几类中，既有用金银线做的，也有全用黑线做的，还有些用红线和红色颈羽做的。山楂蝇可以这么制：虫身做成全黑，体型不要太大，越小越好。橡树蝇的虫身应由橙、黑两色丝线缝制，翅做成棕色。天气晴好时，孔雀羽做成的蝇效果极佳，因而钓包中断不可少了这一味良材。同样的毛与丝线亦可用于制假蚂蚱。记着：通常来讲，最小的蝇才最好；天色暗时，当取颜色最鲜亮的，天色亮时，则取颜色最暗的，如此，方有乐趣可言。还得时不时查看钓包，要么添置、要么缩减，凭你心意或是看天而定。要我说啊，用活蝇钓鱼，那才真是其乐无穷。要捉活蝇，还得找对法子：五月时，蜉蝣常常现身河畔，尤其是下雨天；橡树蝇多在橡树或灰树的树根、树身上，从五月初到八月底，一直如此：它周身呈棕褐色，常常身体颠倒，头部向下，朝向树根，因此极易辨认；小黑蝇或山楂蝇在开始长叶的山楂丛中可寻得。有了这些活蝇，加上根我钓白鲑用的短线和一只蚂蚱，再找棵树或是洞把自己藏住，你就可以大展身手啦；蚂蚱放到水上后，还得时时牵着它，令它像活虫那般动弹，同时还得把自己藏好，以免惊了鱼——这么一来，只要周围有鳟鱼出没，你必会有所收获。倘若是在大热的一天，又是在晚上，钓性必大发。

好啦，徒弟，雨停了，我也就讲到这里吧。看看你四周，瞧那草多绿，那土闻着多清新！不妨让我吟赫伯特①先生的诗一首，将这风和日丽、花团锦簇之景好好夸耀一番，权当向上帝聊表感恩之情，然后，我们就去河边静坐着，再钓它几尾鳟吧：

天朗气清

万籁俱寂

水天一色

是夜,尔将赴死

露水亦为尔吟唱挽歌

玫瑰怒放

光彩耀目

竟不敢直视

尔之根基已然在墓

安能不死

春日天晴

鲜花遍开

团团锦簇

哀乐一曲为尔奏

世间万物皆有尽

唯有贞洁魂

恰若风干木

守节誓不堕

但当举世变炭黑

惟尔长存永不朽

猎人:好师父,徒儿真是感激不尽——您教授我如何以蝇钓鱼,令我度过如此愉快的一天,且不必冒犯神灵或他人。您以赫伯特先生的诗句作结,亦令我受益良多。我听说,赫伯特先生也颇爱钓鱼;这一点我深信不疑,只因其人品行恰与渔夫相合,亦与您倍加推崇的早期基督徒相宜。

渔夫:我的好徒儿啊,我的教导与言辞能于你有益,为师也甚是欣慰。

既然你如此欣赏赫伯特先生之诗,我便再向你推介一人:这是位备受尊敬的博学牧师,自称以赫伯特先生为典范,效仿得极出众;他曾为《公祷书》®写过诗篇。我与这人是老相识了,且他也爱垂钓,想来他也必定合你心意。我便把他的诗念与你听吧:

什么?这本书是用来祈祷的?还是"公"祷书?
对,有何不可?

对主感恩与祷告
无需拘泥时间、地点
念经、口说或默记
心中所想,从口中念
与主无异,任君挑选
独处之时,若要祷告
随心所欲,方式自选
祈望我心,与主相依
主心有知,他人不知
然牧师者,引人祈祷
其人言行,当为如此
众信其言,不疑有他
不因言误,致人渎圣

虔诚有功,祷词生灵

权威之规,与人有益

当自取之,强于忤逆

所谓祷词,愈俗愈佳

洪钟之声,振聋发聩

  好啦,徒弟,咱们刚刚把鱼竿架在水上,放它们自己去"钓鱼"。是时候去看看了。你从两根里选中一根吧,咱俩赌一把,看哪根上头有鱼。

  我得跟你说,把"死竿"放在水里,下个"夜钩"让它自己钓,就好比把钱放出去生钱,哪怕主人只是睡觉、吃饭或作乐,都能有收成——刚才这一个钟头,咱俩不过是在这棵金银树下坐着,无忧也无虑,简直就像维吉尔笔下的提屠鲁和梅利伯[①]在毛榉树下时一般。我的好徒儿,比起自律的渔夫,世间断无人生活得更惬意——律师忙于操持业务,政客日日设陷避阱,而我们渔夫只需坐在长满樱草的河岸边,闲听鸟吟,心平气和如静水流深,绵延流长。的确,徒儿啊,博特勒[②]博士曾用一句话形容过草莓,这句话同样适用垂钓,即"上帝无疑能创造出更好的草莓,但他并没有这样做"。同样地,我也可以说,上帝本能创造出比垂钓更安详、宁静、无忧的消遣,但他并没有这样做。

  徒儿,我上回坐在这长满迎春花的河岸时,望着这草地,不禁想起查理皇描述佛罗伦萨城的话语,"这景致如此之悦目,以致除圣日以外,无人配注目。"之后,我便坐在这块草地上,想起一首诗:这是一首祈愿诗,且让我背给你听听:

  渔夫之愿

置身繁花碧草间

清澈水流慰我心
手持钓竿河边坐
亲睦流响抒我情
但看斑鸠慕忠侣

亦可坐于彼岸旁
西风吹送康健来
露水迎花悦吾目
汇入四月春雨中
肯娜姑娘把歌唱
画眉慈爱将儿养

但看云雀把巢筑
美景助吾解百忧
心旷神怡似登天
不理凡间琐碎事
不睬官司之纷争
不闻朝廷之政事
但求本心常愉悦

携书带友出门去
邵弗溪边任闲游
席地而坐且啖肉

但看日升与日落

拜别星月迎朝露

且把垂钓话闲情

但求平生皆如此

遂登极乐不复悔

从沉思中抽离后,我便离开此地,且在那棵金银花树篱下碰到了一位渔夫兄弟,一看就是个值得交心之人。我在他身旁坐下;很快,一件意料外的可笑事发生了——这雨还在下,我便给你讲讲吧:

树篱的对面正坐着一群吉普赛人,吉普赛人旁边又是一群乞丐。那时,这群吉普赛人正在瓜分那一周得到的钱;这钱里头,有的是偷鸡摸狗得来的,有的是给人算命或耍戏法得来的,还有些大概是他们帮派的秘密财产。钱的总数不过区区二十几个先令;大家一致同意将零头分给帮派里最穷的人,而那二十整个先令则要分给四个"大佬",四人所得按在帮派中所居地位而论。最德高望重者得了二十先令的三分之一,也就是六先令八便士;排第二的应得四分之一,也就是五先令;排第三的应得五分之一,也就是四先令;排最后的应得六分之一,也就是三先令四便士。

我们都知道,二十先令是三倍的六先令八便士,四倍的五便士,五倍的四便士,也是六倍的三先令四便士。这并没有错。

不过,负责分钱的那位可真是个不折不扣的吉普赛人:他给每个人分的钱数都没错,却给自己省出了一先令:六先令八便士加上五便士,加上四便士,再加上三先令六便士,正正好好是十九个先令。

接下来发生的事情,估计你也能猜到:分钱的那个自己得了一个先令,拿钱的四个就像帝王的宠臣一般,虽然无理抗争,却还是对他嫉妒得不得了,冲他嚷嚷起来。每人都说多出来的那个先令应该归自己。人人都知道,吉普赛人之间是出了名的忠诚友爱;然而,这一架却吵得如此热火朝天,简直令人难以置信,也就是我们老家伙,过去二十年见惯了"有钱能使鬼推磨"之事,才相信这是真的。这些吉普赛人精明得很,无论如何都不会去冒险打官司,便定下由卢克、沙克两位朋友,以及早已仙逝的古斯曼[11]来担任仲裁。于是,这帮吉普赛人便离开了那棵金银花树篱,前往下一个村庄算命、行骗、过夜去了。

吉普赛人走后,我俩又听到乞丐群里爆发出一阵争吵,丝毫不逊于刚刚那场分钱之争——这帮乞丐正在争论,究竟是不脱一件衣服容易、还是不穿它更容易。一个乞丐说这其实是一回事,其他乞丐反问道:难道"绑上"与"解开"也是一样的[12]?一个女乞丐说还是不脱容易——把衣服晾在一边儿不就行了吗?其他人又反问道:若是一开始就将衣服晾在一边儿,那它又怎会穿在你身上?这女乞丐当下便说自己搞错了。这群人用"乞丐逻辑"自问自答了二十多个类似的问题,又狂热又固执,说的话简直像是教会分裂者嘴里出来的。这群乞丐就像诗人笔下的缪斯[13]似的,不多不少,正好九个人,一并争论着"不穿"和"不脱"的问题;他们争论的声音过大,以至于听不见彼此的声音。最后,一位乞丐站了出来,告诉其他人:本·琼森[14]在《乞丐酒店》中写过个乞丐头子,名叫克劳斯老爹;这位克劳斯老爹将在离沃尔瑟姆克罗斯[15]不远处的一家酒店过夜,那酒馆名叫"半路拦";不妨立即停止争论,动身前往那间酒馆,让公正不阿的克劳斯老爹在今夜给个裁决;另外,动身前,大家还得抽签决定下一首歌唱什么、由谁来唱。这群乞丐都同意了;抽中签的是这群乞丐中最小的童女。这童女便唱起了弗兰克·戴维森四十年前所作的歌。其他乞丐也同这女孩子一齐放声高歌起来。整首歌是这样的,嗯,不妨先来听听重唱部分吧:

太阳当空照
乞丐乐淘淘
今日残羹足
饱我好肚肠

维奥尔®声妙
且把快板敲
乞丐常聚地
何忧无乐趣
乞丐度日闲
快乐赛皇帝
吃喝由我性
疲累即补眠
大好河山在
天地任我游
太阳当空照
乞丐乐淘淘
今日残羹足
饱我好肚肠

举世为我有
万事由我性

分文不必花
皆归我囊中
大街田地里
尽是乞丐踪
原本无家财
何惧把钱丢
心中无牵挂
夜里当酣眠
今日残羹足
飨我好肚肠

袍中生百蚤
日日享安闲
若敢噬其主
夺你命在先
乞丐称其帝
终日享安逸
太阳当空照
乞丐乐淘淘
今日残羹足
飨我好肚肠

猎人：我的好师父，这果然是件可乐之事啊！且这歌写得出彩，您又记得清楚,真是再好不过了。

　　渔夫:可别忘了,你先前答应今晚要带鱼回去——那实诚的乡下人、咱们的克里顿小兄弟还等着吃你的鱼、听我的歌呢。说到唱歌,我得赶紧补习补习,毕竟这歌年岁已久,我已不能全部记起。你瞧,雨停了,我们不妨活动活动手脚,溜达回河边——咱们的钓竿"租"给鳟鱼有一会儿了,且看咱们能收多少"租"。咱们师徒俩当真就像放高利贷似的,只顾着自己的腰包赚得鼓鼓的,却不管别人死活。

　　猎人:噢! 快瞧,师父! 有一条鱼上钩了! 有了! 哎呀,我又让它跑了!

　　渔夫:啊哈,那鱼当真不错。方才若是我拿起那根竿,这鱼八成不会把线拉直、挣脱跑了。我断不会让它把鱼竿拉直的,除非它能赶得上那条一埃尔①的大鳟鱼那么长——要知道,那条鳟鱼因为过大,竟被人画了幅像下来;你要是去威尔的乔治酒家,还能在我房东瑞科比家看见那幅像呢。我当时真应该让那条大鳟鱼带着竿子走,我下水跟在它后边,说不定最后就把它逮住了呢! 我钓大鱼时常用这招,你也得学着点。徒儿,我告诉过你,垂钓是门艺术,至少捉鱼是门艺术。

　　猎人:师父,我倒是听说,您说的那条大鳟鱼其实是条鲑鱼啊。

　　渔夫:徒儿啊,为师也真不知该说什么。不少乡野之人相信野兔每年会变换性别,许多饱学之士亦这般认为,因他们曾解剖野兔,眼见之事,不可不信。其实,野兔变性并不能称奇;卡索邦博士在《轻信与多疑》中曾这般描述:博学的内科医生加斯帕·普赛尔②称,有一类人每年都会变身为狼——这变身一半体现在外形,一半体现在习性。要说这是否本来是只鲑鱼,因离海入淡水而改变了体色或鱼种,我可说不准;不过可以肯定的是,不论从形状、颜色还是斑点来看,这鱼都有着鳟鱼的特性。即便如此,仍有许多人认为它不是鳟鱼。

111

猎人:不过,师父,我逮到的这条鳟鱼会咽气吗?它好像把钩吞到肚里去了。

渔夫:徒儿,你记着:除非鱼钩扎到咽喉里,否则这鱼基本不会咽气。过上一段时间,水自然会令鱼钩生锈,慢慢地也就消磨掉了。嵌到马蹄里头的砂砾也一样,最后不过留下个口子罢了。

好啦,去看看我的钓竿有什么收获吧。瞧瞧,我的钩上也有一条,不过是条大头白鲑——这也不错嘛,咱们一会儿回去见彼得老兄和克里顿小兄弟,路上就把它送给某个穷苦人,让他乐呵乐呵。你看,天又下雨了,给你的钩套上饵,再放到水里边吧。咱俩去那棵梧桐树下坐坐,我给你多讲些钓鱼的知识。我倒真想把你打造成个垂钓高手呢。

猎人:好的,师父,全凭您的心意。

渔夫:徒儿,咱们既已舒坦地坐下了,我就开讲啦。先讲点鳟鱼,再讲鲑鱼,最后讲狗鱼。

要钓鳟鱼,既可以在白天,也可以在黑夜;最好的鳟鱼通常在夜间出洞。方法是在水面上放一两只大沙蚕,不过得选条水流平缓的河,否则鱼饵不易被发现。在湍急的河流边,找一处安静的死水,将饵置于水面之上,来回扑腾,倘若洞中有鳟鱼,就一定会咬钩,在夜间更是如此:鳟鱼在夜里尤其胆大,通常就在水面附近栖息,观察青蛙或水鼠的动态;倘若看到水面泛起波澜,或是河水流入老鳟鱼休憩的死水洞中,鳟鱼便会跟随其后捕捉之。你得知道,老鳟鱼既敏感又胆小,常常在洞中漂着,一漂就是一天,绝不轻易出洞,与野兔之胆怯无异;毕竟,野兔和鳟鱼大多是在晚上进食。一旦夜幕降临,老鳟鱼就肆无忌惮了。

行钓时,必须用结实的鱼线,且不能用小钩。要给鳟鱼留出足够多的时间吞钩;白天时,鳟鱼常常半途而废,到了夜里,它却执着得多。倘若天色不够暗,就用颜色鲜艳的假蝇来钓,等它来扑即可。夜里,但凡有水中漂浮之物,鳟鱼便会现身:有时是只死老鼠,有时是一块布料,只要是会动的,他都会扑。这法子虽妙,我却不常用,因为这么着乐趣不多,还不如我俩这些天有趣呢。

汉普郡[19]的小溪水流湍急、水质清浅、景色怡人,且盛产鳟鱼,位居全英格兰之首。在那里,人们多在夜间钓鳟鱼,借助火炬或稻草堆的火光照明。一旦发现鳟鱼的踪迹,人们便将专猎鳟鱼的鱼叉掷下去,或是用些别的什么法子。用这个法子,那帮人捉了不少鳟鱼。亲眼所见之前,我并不相信这是真的;不过,虽然我已亲眼见证,却也不喜欢用这法子。

猎人:不过,师父,鳟鱼在夜里看不见人吗?

渔夫:不,它们看得见——不单单看得见,还听得见、嗅得着,白天晚上皆是如此。格斯纳称,水獭在水里,能闻到四十弗隆[20]外鱼的气味。相应地,弗朗西斯·培根先生也在其《博物志》中称水可做声音传播的媒介,并给出了证据:

在水下深处敲击两块石头,人在岸边也能听到声响,且音量不为水所损。

培根还做过一个类似的试验:他将一只锚系在足够长的绳索之上,令其在海中下落到石块或沙地上;培根先生学识渊博,实验做得精细,观察又详实,令我相信鳗鱼在听到下落声响时,必会一跃而起,四处逃窜,而非如某些人所想,乃是地面受震所致。

培根先生有理有据,令我羞愧不已:有一人曾称,若在池塘边摇铃或敲鼓,鲤鱼会游到特定的地方等待喂食;我此前还嘲笑过这个人。不过,自此之后,我钓鱼时便有了一条规矩,就是尽可能不发出声音;除非有人能证明培根先生是错的,否则我这规矩是不会变的。

你可别以为只有培根先生自己这么认为——博学的黑客威尔博士[21]似乎对

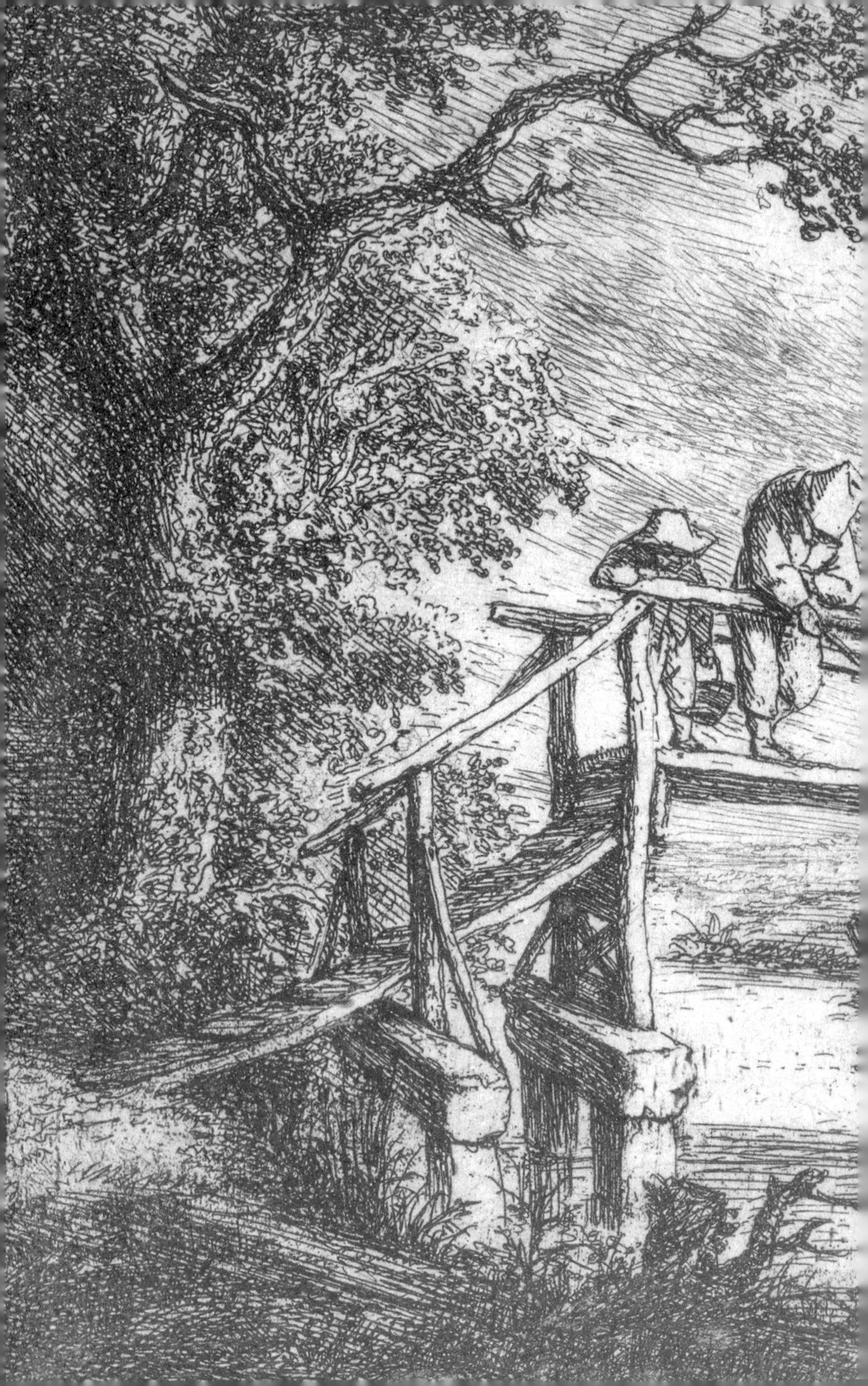

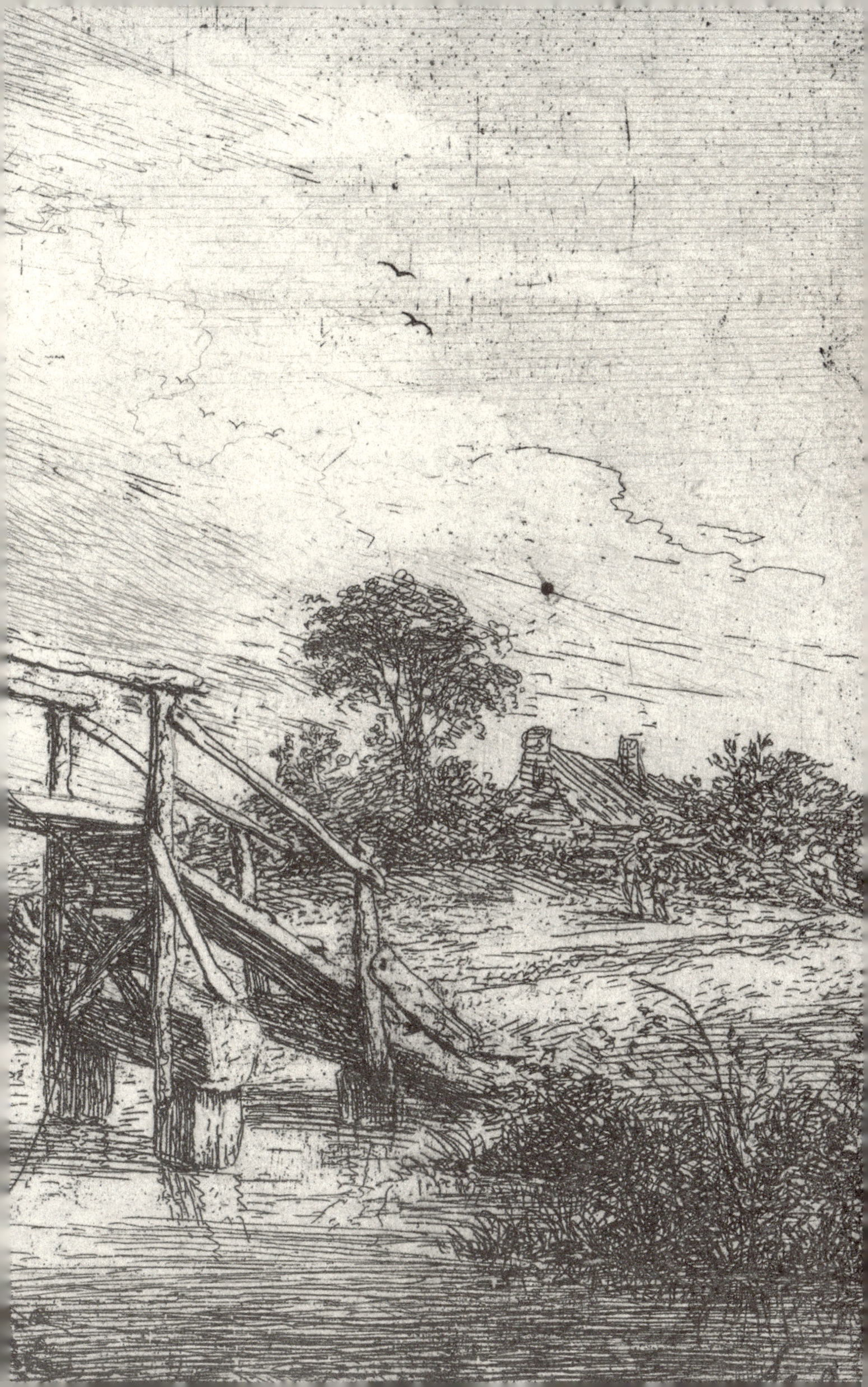

这一点也深信不疑:在《为神力申辩》一书中,黑客威尔曾引用普林尼之言,称历史上有位皇帝,他的几个鱼塘很不一般:只要呼唤塘中鱼的名字,鱼便会浮出水面,游向发声者。圣詹姆斯也曾称,海洋中万千生灵都曾为人类所驯服。普林尼也说,德鲁苏斯㉒的妻子安东尼娅养过一只七鳃鳗,还将珠宝和耳环挂在这只七鳃鳗的鳃上。世间亦有不少心软之人,会因所养之鱼离世而落泪。马提亚尔㉓的诗更是为这些不可思议的故事作了证词,你听:

渔夫啊

你若不想做罪人

就权且忍着吧

此处游弋的乃圣鱼

圣鱼识其主

吻主之手

亦绝不听他人之命

圣鱼皆有名

主唤其名

方前往之

一般来讲,我念这诗都是为劝告渔夫耐心些,不要胡乱咒骂,以免被水中鱼听到,无功而返。

我还要告诉你,在赫里福德郡的小镇莱姆斯特㉔附近,有那么几处牧场,据说羊吃了那里的草便膘肥体壮,就连羊毛都生得格外好。也就是说,羊到了这几处牧场后,毛会比来之前一年生得好,但若是此后又回到原先的牧场,毛就变粗糙了；若是再回到莱姆斯特旁的牧场去，毛就又会变得好。徒儿，可别不信，要是我在某块草塘里捉了只鳟鱼，这鱼也许又苍白又瘦弱，身上还生虱；可我要是在旁边儿的草塘里捉一只，可能就是体色鲜亮，身体健壮，肉质也鲜美得多。徒儿，我曾在某处草塘里捉到过不少鳟鱼，每一条都体型优美，鱼身就如上了珐琅一样鲜亮，我每每都要好生观赏一番。所以说啊，还真是应了所罗门的那句话：

凡举当季，万物瑰丽。

我本打算讲完鳟鱼便讲鲑鱼。不过，倘若你不介意，我倒想先讲点茴鱼的事情：这鱼长得跟鳟鱼极像，食性也相似。你就耐心听我说上两句，再讲鲑鱼吧。

有人认为茴鱼和灰鱼是两类鱼，其区别大致类似鲱鱼和沙丁鱼；我倒觉得，别的国家虽有这么一说，在英国，它俩不过名字不同罢了，并无其他差异。阿尔德罗万迪曾说，茴鱼和灰鱼皆属鳟鱼；格斯纳称，在他的祖国瑞士，茴鱼堪称众鱼之王。意大利人尤为推崇五月时节的茴鱼，其价格亦比其他鱼类高出不少。法国人把白鲑称作"恶棍"，却将雷曼湖产的茴鱼称为"骑士"，不但对其另眼相看，称其以黄金为食，还称卢瓦尔河[③]中曾捞上众多茴鱼，腹里常有金砂。有人认为茴鱼以水生百里草为食，因此刚从水中捞出时，鱼身也散发类似气味；这么想也不无道理，毕竟，我们的银白鱼捞上来时也闻着像紫罗兰，我认为就是如此。阿尔德罗万迪还说，不论鲑鱼、灰鱼还是鳟鱼，一切生养于清澈急流中的鱼类都蒙恩于自然之母，因而生得体态精巧，颜色悦目，人既享口腹之欲，又蒙秀色养眼。我倒不想争论这是真是假；不过，所有提及茴鱼的书中都称其有药用功效。格斯纳曾说，茴鱼身上的脂肪，若是加以少量蜂蜜，置于玻璃瓶中，放在太阳下晒个一两日，便能去除眼中红血丝或其他杂物，疗效甚佳。萨尔凡尼曾称，这鱼取名茴鱼是因其游动迅速，行动起来不似条鱼，倒像是条鬼(灰)影。若论茴鱼的气味和口感，能说的倒有不少，不过，我只想告诉你，米兰的大主教圣安波罗修®在世时，教堂奉行着禁食的教条；他将茴鱼称作花鱼，或说是鱼中之花。圣安波罗修甚是喜爱茴鱼，甚至为其书写了大幅赞美之辞。他是怎么夸茴鱼的，我就暂且不提了，还是讲讲这妙鱼该怎么捉吧。

首先，你得注意，这鱼长不到鳟鱼那么大，最大的也不过十八英寸长。茴鱼与鳟鱼栖身在同样的河流中，鱼饵和钓法也跟鳟鱼一样，米诺鱼、鱼虫和蝇都好使。不过，用米诺鱼做饵时，上钩的次数还是少些，用蝇时，也大多只是玩玩而已，不怎么真上钩。这鱼头脑比鳟鱼简单，也就胆大得多：倘若没能咬上钩，它能接着咬上个二十次还不依不挠呢。有奇鸟名长尾小鹦鹉，用它的红羽毛做成假蝇，就能引得茴鱼上钩；用蚊子、小蛾或不大的蝇做饵，也一样管用。冬天时，茴鱼多潜伏不出，不过，四月中旬一过，到了五月前后，它便又活跃起来。茴鱼体态优美，肉呈白色，喉内长有小齿，鱼嘴却极柔软，因此，比起其他鱼，也更容易从鱼钩上挣脱。多夫河®、特伦特河和其他小河中，茴鱼很多，流经索尔兹伯里®的河中也不少，不过，它却始终不及鳟鱼那样普遍，我也不常吃或钓它。因此，关于它，我就不再赘述了。现在给你讲鲑鱼的习性和钓法。

鲑鱼被尊为"淡水鱼之王"，虽身处与海相通的河流中，却居于上游、远离海洋，因而并未沾染海水的咸潮之气。据说，大多数河流中的鲑鱼都在八月产卵：有人说，鲑鱼会在河滩安全处挖个洞，产卵于其中，雄鱼完成天职后，便"狡猾"地将卵藏于洞中，取砂砾和石子覆盖其上；之后，这卵的命运就交到造物主的手里啦。造物主将轻柔的热气吹入冰凉的卵内，使其孵化，获得生命，并在下一个春天化身鱼苗。

产季一过,在淡水中完成天职后,雌、雄鲑鱼便匆忙上路,好在冬天来临前奔赴海洋;不过,总有鲑鱼为防洪堤或鱼梁所阻,抑或在淡水中迷了路,脱离了队伍,便会变得病恹恹,身体逐渐消瘦,完全不是当季该有的样子,下颚处还会生出软骨,形似鹰喙,妨碍进食;这些落在后边的鱼日益虚弱,翘辫子也只是早晚的事。据说,没能入海的鲑鱼还能活上一年,但行动会日渐呆滞,肉也食之无味,精血尽失,第二年就渐渐体衰而亡。还得注意,在与海相通的多数河流里,有大量名为"斯盖格"的小鲑鱼——这些小鲑鱼正是没能入海的病鱼所生,因而尽管数量众多,却永远都长不大。

不过,倘若老鲑鱼复又入海,则下颚处长出的软骨能渐渐退化、抑或是完全消失,就像老鹰脱喙一般;体力也会恢复。第二年夏天,老鲑鱼就能回到先前的河流,再享"云雨之乐";有一位智者曾称,某些富贵之人在冬、夏两季各有行宫,鲑鱼也是如此:它们在淡水中消夏,在海水中过冬,终其一生皆是如此。据弗朗西斯·培根先生《生死史》一书记载,鲑鱼的寿命至多十年。此外,鲑鱼在海中虽说体格增大,但要论变肥,却只能在淡水中进行,且离海越远,越膘肥体壮,肉质也更佳。

还有一点:对鲑鱼来说,从淡水入海要费好大一番工夫,然而,要出海入淡水产卵或是交配,却愈加麻烦。入淡水时,鲑鱼需竭力穿过防洪堤、鱼梁、篱笆或其他障碍物,其高度甚至超乎常人想象:格斯纳称,有些水障甚至高出水面八英尺。卡姆顿在《不列颠志》①一书中曾提到,在彭布罗克郡②有一河名"提韦",河水入海处可见鱼类壮举:提韦河之水垂直下落,距海面甚高,每每令立于其旁之人惊叹不已,好奇鲑鱼究竟是借助何种神力,方能从海洋跃入提韦河。此处距离之高,堪称奇观,因而广为人知,还被冠以"鲑鱼跃龙门"的称谓。关于这一点,我的

119

老友迈克尔·德雷顿®也曾在《多福之国》中有所提及：

鲑鱼年年出大海

意图寻找清澈溪

提韦河水从天降

水障高耸

岩石凸起

将那前路挡

不欲鲑鱼成行

千辛万苦皆历尽

方至山脚下

然孤力不能及

便衔尾在口

弯身成弓

自抛其身

周而往复

遍积跬步

方至山顶

若出师不利

则不顾痉挛

即刻二试

居逆流之上方休

迈克尔·德雷顿就是这般描述鲑鱼之龙门一跃的。

此外,格斯纳和其他人还曾称英格兰的鲑鱼乃举世最佳;虽然在北部一些郡中,鲑鱼长得跟泰晤士河里的一般肥壮,味道却都不怎么样。

我之前说过,按照弗朗西斯·培根先生的话,鲑鱼至多活不过十年。此外,鲑鱼能在短时间内急速增长:据说鲑鱼苗入海后,在很短的时间内便能由鮈鱼大小发育为成年鲑鱼,用时不过鹅仔发育为成鹅的时间。有试验为证:鲑鱼苗入海之时,有些被鱼梁所困,人们便将缎带或线系到鱼身上作为记号;六个月后,这些鱼苗从海中返回河流,再根据记号捞出部分。人们也曾用雏燕做过类似实验:雏燕会离开六个月,六个月后,它们便返回之前居住的烟囱,于其中筑巢消夏。为此,许多人认为鳟鱼跟离巢的乳鸽一样,总会回到自己出生的河流之中。

进一步观察,还会发现,雄鲑鱼通常比雌鲑鱼体格大,但更显委顿,也更难在淡水中忍受严冬。不过,雌鲑鱼看上去虽强壮些,肉质却不敢恭维。

此外,天下并无一成不变之规,万事万物皆有例外:在我国,有那么几条河流,冬天里也有当季的鳟鱼和鲑鱼;卡姆登曾称,蒙茅斯郡[②]有一河名"怀河"[③],从九月到第二年四月,其中的鳟鱼和鲑鱼都当季。好啦,徒弟,时间有限,尽管还有不少可说的,我也只能暂且略过。接下来,给你讲讲鲑鱼的钓法。

鲑鱼与鳟鱼不同:它不会在一处久待,而是想方设法游往泉水之源;此外,鳟鱼和大多数鱼常在水边、河岸或树根旁潜伏,而鲑鱼却在水势深广处游弋,通常出没于水中或水底。因此,你必得找对钓它的地方。至于钓饵嘛,跟鳟鱼没什么差别,用鱼虫、米诺鱼或蝇皆可。

其次,鲑鱼不常咬米诺鱼,也不常咬蝇,却常常咬鱼虫,最常咬的当属沙蚕;为此,必须做好清虫的准备,即在行钓前,须得将虫在青苔中养上个七八天;当然了,要是能养上个十六天、二十天,或是更久,效果会更佳,虫也就会更干净活跃,在钩上也活得长些。若想养得更久,可将青苔打理得凉快、干净些;也有人说可以往里掺点樟脑。

此外,许多人钓鲑鱼时习惯在钓竿顶放圈线,这么一来,鲑鱼上钩时,鱼线就可以任意伸长。为此,还有人在钓竿中部或手柄旁安了轮轴——有机会你还是亲眼看看为好,毕竟百闻不如一见嘛。

我再教你一个"不传秘技":我跟老奥利弗·亨利㊵一起钓过鱼;他以善钓鳟和鲑闻名。我观察到,他钓鲑鱼时,常从包中取出三四只鱼虫,放入一只小盒中,再揣到口袋里,过上半个钟头,甚至更久,才放虫上钩。我曾询问过缘由,他答道,"我不过是将最好的鱼虫挑出,预备着下次放到钩上罢了。"不过,据我跟其他人观察,他钓到的鱼确实比同行的人要多,钓鲑鱼时更是如此。最近,他的一位密友告诉我,他向装鱼虫的小盒中加了几滴冬绿树的树脂;这树脂说不好是从树上擦下还是用水泡出的。这位密友还称,鱼虫在这盒子里放上个把小时,就会吸收一种极具诱惑力的气味,但凡河中鱼闻到了,都必会上钩。这秘闻我刚听说不久,还没来得及亲自尝试;不过,鉴于弗朗西斯·培根先生在《博物志》中所写,鱼既然能够听到声音,想必也能闻见气味,那么这秘闻倒大有可能为真。且格斯纳曾说水獭能在水中嗅得气味,那么鱼又何尝不可呢?这秘闻是真是假,就不妨留给那爱钓鱼且乐于一试的人去佐证吧。

我还要告诉你另外两个实验;两者皆非我所做,而是由我一位出色的钓友实践,并写信告之。我这朋友说,第二个实验极为出彩,寻常语言断不能描述,必赋以华美言辞方不显平淡。我便将他信中之言逐字逐句讲与你听吧:

寻一橡树,取其上蕨草之臭油,再取松脂、蜂蜜混之,涂于鱼钩之上,则水中鱼必趋之。

> 此气味于鱼甚是香甜，亦可以阿魏[①]带之。

我不很相信，倒也不否认这可能为真。且乔治·黑斯廷斯爵士和其他化学家确提过这些药草有奇效。不过，眼下还在此地，就不要说了吧。

关于鲑鱼，我就要说完了，只剩一点：鲑可不止一种，有"特肯"，别处还有鲑苗或称"斯盖格"——鲑鱼的叫法多了去了。不过，不同的叫法可能指的就是不同类的鱼，之间差别就如鲱鱼和沙丁一般，皆因身处的河流不同。这些，还是留给那比我空闲也更睿智之人去做文章吧。

最后，烦请再容我片刻：当季的鳟鱼或鲑鱼，首次打捞出水、一息尚存之时，有的周身遍布红斑，有的周身覆盖黑斑，简直美不胜收，我觉得，比现世女子引以为傲的脂粉还要美上几分。好啦，鳟鱼和鲑鱼就讲这么多吧。现在来讲狗鱼。

渔夫：鲑鱼为淡水之"王"，狗鱼则被尊为淡水之"帝"。博学的格斯纳曾考证过，有些狗鱼是打鱼腹中来的，有些则是从"狗鱼草"中生出来的；格斯纳其人断不会出错，倒无需质疑。他说，在特定月份里，某些池塘中的狗鱼草和其他黏性物质经阳光照射后，自然会变为狗鱼。不消说，不少狗鱼应该都是这么来的，再不就是不知怎么被带到池塘中的。关于这些，我们每日所见都可佐证。

在《生死史》一书中，弗朗西斯·培根爵士曾称狗鱼是淡水鱼中寿命最长者，不过通常也不超四十年；还有些人认为不超十年。不过，格斯纳曾提到，1449年时，瑞士曾打捞上一只狗鱼，鱼颈上有一环，环上有字，称这鱼上次被捞乃是二百多年前的事了，且是腓特烈二世[②]将其放归水中的——环上文字由希腊文写就，由当时的大主教沃尔姆斯[③]译为英文。关于这鱼我便不多说了。不过，据说年老

123

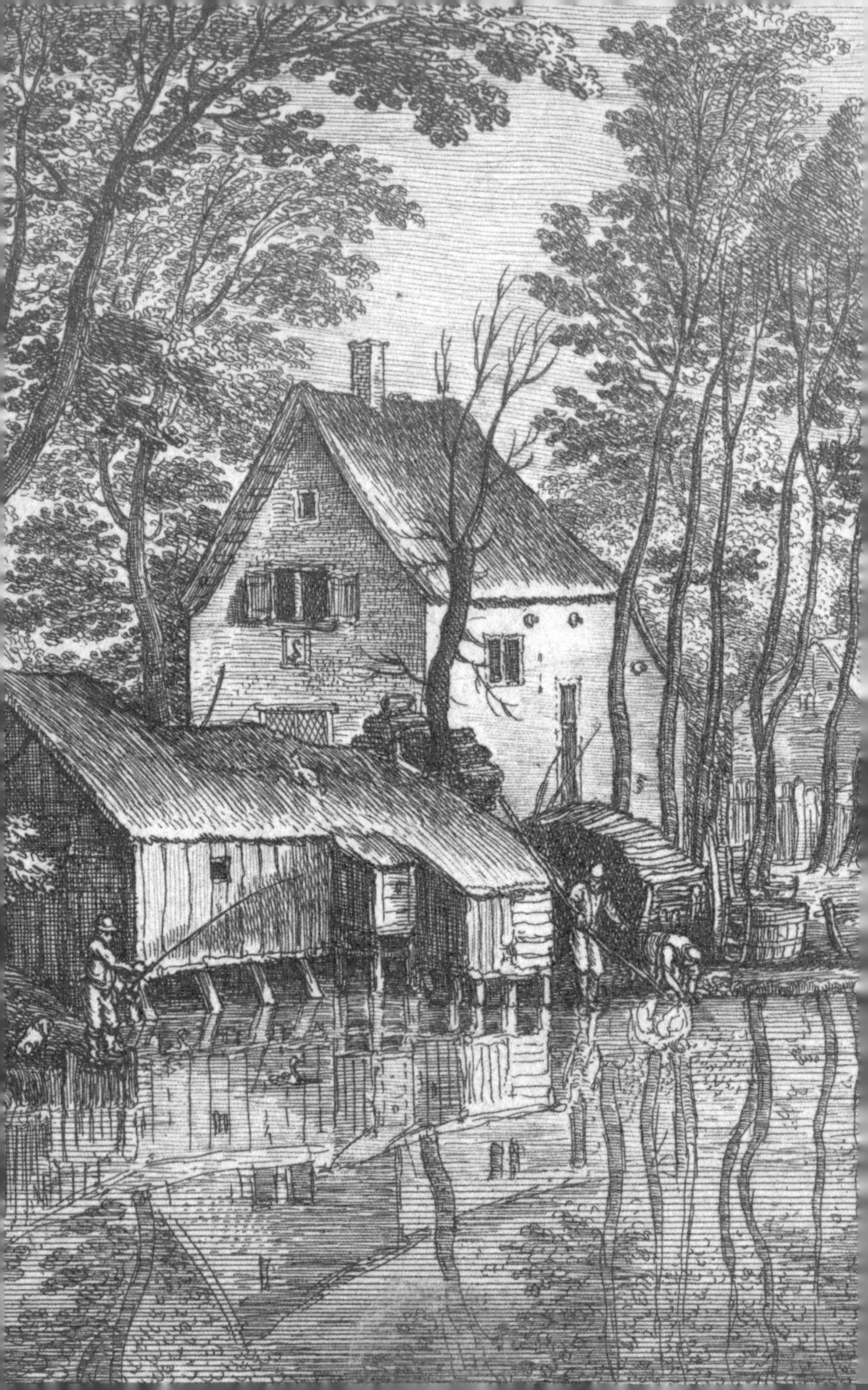

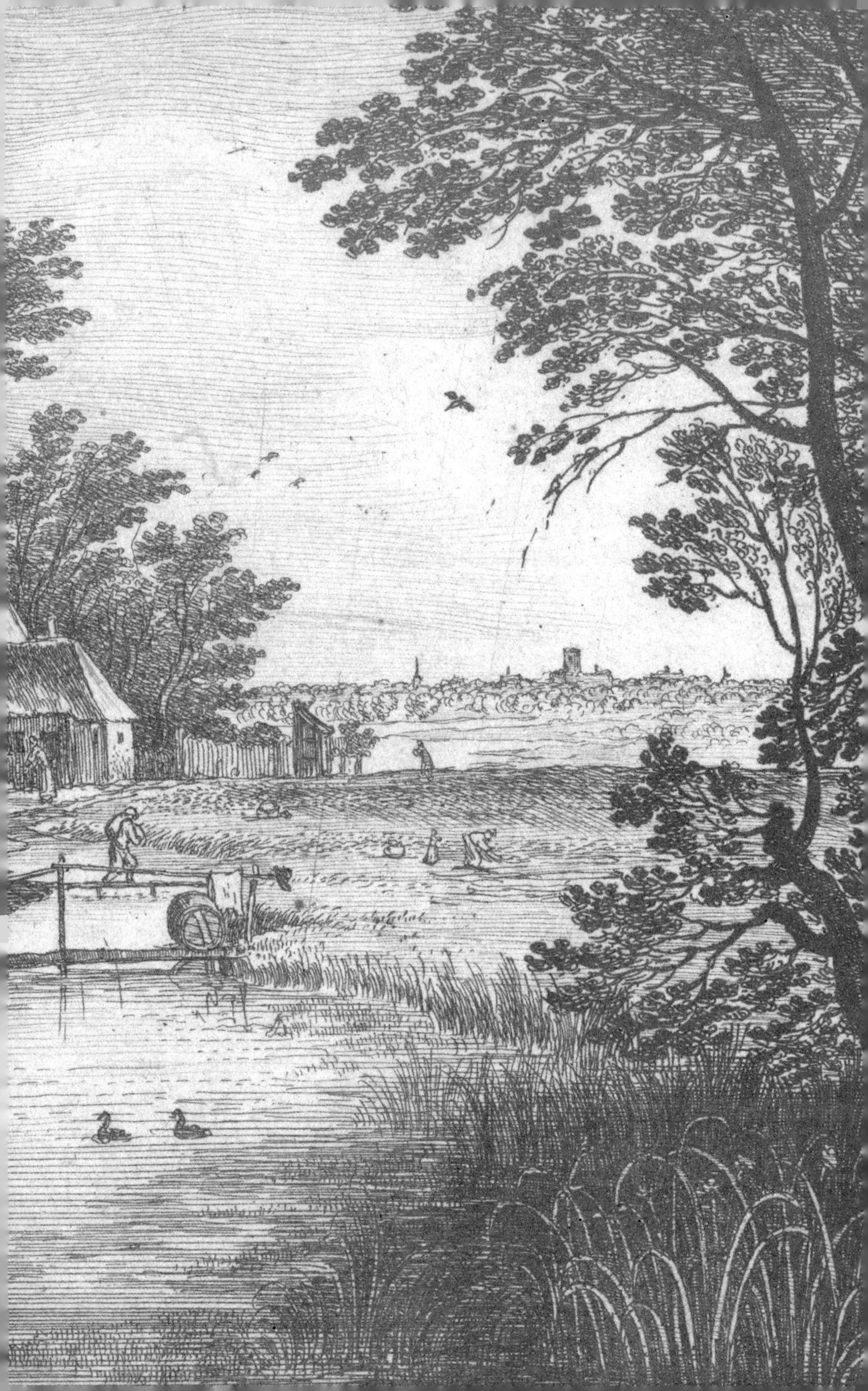

或体巨的狗鱼虽威风凛凛,吃起来味道却一般,反倒是那些体格小的,甚是被美食家推崇,肉质又鲜又美。这一点恰与鳗鱼相反:鳗鱼越年老、体格越大,肉质越鲜美。

狗鱼若活得太长,就会像要债的一般,逼得养鱼人没法子——狗鱼要活,就得以其他鱼为食,甚至连同类也吃;因此,有些作家称狗鱼是"河霸王",或是"淡水狼",只因其生性狂妄、贪婪,只知大吃大喝。狗鱼性子极烈,格斯纳说曾有一人牵着骡子到河边喝水,这河里的鱼似乎已被狗鱼吃尽,结果骡嘴被狗鱼咬了——这狗鱼咬得够紧,以致被骡子拖出了水;这骡子的主人也算阴差阳错,就这么钓了条狗鱼上来。格斯纳还曾说过一事:波兰有一位女仆,在池塘中洗衣时被狗鱼咬了脚。我听闻一位妇女在基林沃思®的池塘有类似遭遇,那地方离考文垂®不远。不过,我先前跟你提过一位养獭的朋友,叫色格拉夫;他曾见饿极的狗鱼与他养的一只獭争夺鲤鱼,竟被獭带出水面。这些奇闻出自何人之口,我都讲与你了,皆为可信之人。我便以一位智者之言做个结吧——"肚肠无耳,何须费言?"

即便你不信上述所说,也不可怀疑狗鱼有食同类之举,哪怕是体格比自己大、喉咙无法下咽,亦会不折不挠,先咽下一部分,等到消化殆尽,再将口中衔着的肉吞下,一点点入腹。说到这,就与牛和其他一些兽类较为相似了:它们进食时,也不将口中餐直接吞入腹中,而是先置于口、腹间某处,再慢慢咀嚼、消化,这一过程称作"反刍"。当然了,狗鱼不饿时也未必不咬人,即便被只试探的鱼饵惹恼了,狗鱼也会发起攻击。

据说狗鱼会食用有毒之物,如青蛙者,却不受其害,安之若素。有人说,狗鱼体内自有一种香脂,可解百毒。且狗鱼看上去虽体寒,实则内热,玄妙得很,不管何种鱼肉都能慢慢消化,且不害病。还有人说,青蛙虽有毒,狗鱼却必是先杀后食;如产卵时的鸭子一般,狗鱼将毒蛙在水中上下翻滚,彻底洗净,如此,方无中毒之虞。格斯纳还曾确认过这样一件事:一位波兰绅士信誓旦旦地称,曾亲眼在一狗鱼的腹中发现两只幼鹅。狗鱼若饿极,甚至会吞下池塘中游泳的狗,这也并非没有先例;毕竟我告诉过你嘛,"肚子一饿,两耳空空。"

据说,狗鱼天性孤独、忧郁且大胆;说它忧郁,是因它游动或休息时总独来独往,而不像拟鲤、鲦鱼等多数鱼类般成群行动,或是带友携伴;说它大胆,是因它既不惧水上阴影,也不惮看人或被人看——这一点恰与鳟鱼、鲑鱼和其他鱼类都不同。

格斯纳还发现,狗鱼的下巴骨、心脏和胆对治愈某几种病症有奇效,亦可用于止血,散热,医疟疾和传染,对人类大有裨益。不过,格斯纳还说,倘若被狗鱼咬了,人是会中毒的,且这毒极为难解。

此外,据说狗鱼每年只繁殖一次,而如泥鳅之流,产卵则更频繁。人人皆知,家养的鸽子几乎每月都要产卵,而以掠食为生的鹰和狗鱼,一整年里却只繁衍一次。要注意的是,狗鱼产卵通常在二月末,倘若气温冷暖不定,还可能更晚些,直到三月。一旦决定繁衍,雌、雄狗鱼便会一同游出河流,进入小溪或沟渠;雌鱼在其中产卵,雄鱼则全程附身其上,却并不接触雌鱼身体。

关于狗鱼的繁殖,我倒是可以多说点,但难免有"奇闻怪谈"之嫌,还是就此打住为妙。有一点必须留意:最好的狗鱼多生在河流,次之的在大池塘或小湖,最次的则在小池塘。

还有一点:狗鱼和某些青蛙似有不共戴天之仇。波西米亚主教杜布拉维亚[①]在《鱼与鱼塘》一书中记载了一件亲历之事。这事令他啧啧称奇,因而急于倾诉:

那日,我与则佐主教在波西米亚的某个大池塘边散步,巧遇一只青蛙;就在这时,河滩本有一只昏昏欲睡的狗鱼,却不声不响跳到了青蛙头上。这青蛙呱呱乱咒,目放凶光,蹬腿搂住了狗鱼的头,举到眼前,挑着狗鱼身上软的地方一通乱啃。狗鱼亦勃然大怒,在水中上下扑腾、在芦苇上来回摩擦,想尽一切法子挣脱,却无济于事:青蛙趾高气扬地骑在狗鱼身上,又撕又咬,狗鱼渐渐力竭;随后,青蛙便携狗鱼沉入水底;不久,青蛙又浮现在水面上,庆功似的呱呱叫着,随后便回到自己的秘穴之中。我目睹了全程,并叫渔夫取来网,想尽办法将那狗鱼打捞上来,好向别人讲述刚刚那一场恶战:捞上来的狗鱼双眼都被吃掉了。我们两个大吃一惊,渔夫却不以为然,称狗鱼常常有此遭遇。

这段故事原写在书的第六章;我也曾讲与另一友人听,他回答说,"这就如同老鼠会抓出猫的眼睛一样,真是无稽之谈。"说这话时,他不曾想世上有一种晓得如何捕鱼的蛙,被达尔马提亚人①冠以"水中恶魔"之名。说到这"水中恶魔",我倒有个有趣的故事可讲,不过得先告诉你,世上确实有某些青蛙极为惧怕水蛇——因为担心在水中与水蛇偶遇,还会预先在口中含一片芦苇,这么一来,倘若真的"狭路相逢",芦苇便可防暴解毒;说实话,其实青蛙游得比毒蛇还要快呢。

此外,青蛙有水蛙和陆蛙之分,蛇也一样。陆蛇常在陈年粪堆或温度较高的地方产卵,随后在同一地点孵出小蛇。再说水蛇,首先,水蛇是无毒的,这一点,已经专业人士证实;其次,水蛇并不孵蛋,而是直接产下活生生的小蛇。水蛇分娩后也不会离开,而是与幼蛇生活在一起,若遇敌来袭,还会将幼蛇衔在口中游走,危险化解后方吐出。这种事情嘛,我们渔夫常见,也常说。

咦,我这是说到哪了?方才一直回忆杜布拉维亚之语,倒把我给弄糊涂了。好啦,话不多说;我答应过要教授你狗鱼的钓法,现在便来谈谈吧。

狗鱼通常以鱼、蛙为食,有时也食用"狗鱼草",就是那种有些人认为能"生"

出狗鱼的苇草——这些人说,从未有人向塘中放入狗鱼,塘中却能生出不少,且塘里亦有许多狗鱼草,这就说明,狗鱼草既能生狗鱼、又能养狗鱼。不过,要说这草"生"出的狗鱼能否产卵,我就不做文章了,且让那些更有求知的"瘾"、也更有闲心的人去做吧。现在来讲讲钓法:钓狗鱼既可用"栓饵"又可用"漂饵";所谓"栓饵",即是固定在一处的饵,你大可以把饵留在那里,人却走开;所谓"漂饵",则得一直照管着,令它动个不停。对于这两种饵,我都有的说道:栓饵最好用活物做(虽然死物有时也能钓上),活鱼或活青蛙都可;若要让这活物活得更久些,可以这么做:

先是选活物做饵。倘若选鱼,我认为拟鲤和鲦鱼最好不过,狗鱼也最喜欢;鲈鱼则是在钩上活得最久的:在不伤它的前提下,可用不太锋利的小刀切掉背部的鳍,并在头和背鳍间开个口,将倒钩线穿进去;记住,要尽可能小心,少留擦痕或伤痕,因此要极尽精巧,手艺纯熟;之后,将入了鱼背的线向后拉,直拉到贴近鱼尾,介于皮、肉之间的地方,再开一口,将线抽出;用线将鱼拢住,如非必要,切莫用大力,以免伤到鱼。有人用专门的穿针,可令线进鱼身时更便利、穿身时也更顺畅;不过,只要经验多了,不消我说你也会自己参透的。关于这部分我就不多说了,下面给你讲讲如何用青蛙作饵。

猎人:好师父,您刚刚不是说过有些青蛙有毒?直接用手去碰,难道不会中毒吗?

渔夫:青蛙有毒,这是不假;不过,我自会教你些避开的法子。首先你得注意,青蛙有两种:一种"肉蛙",一种"鱼蛙"。所谓"肉蛙",即陆上生、陆上长的青蛙;它自己还分为几种,颜色各异,有的身有斑点,有的呈绿色,有的呈黑色,还有的呈棕褐色:绿蛙身形较小,据拓普赛尔称,应是有毒;蟾蜍,或俗称的"癞蛤蟆"亦有毒——蟾蜍通常在陆上生养,体型庞大而嶙峋,雌的更是如此。肉蛙有时也

129

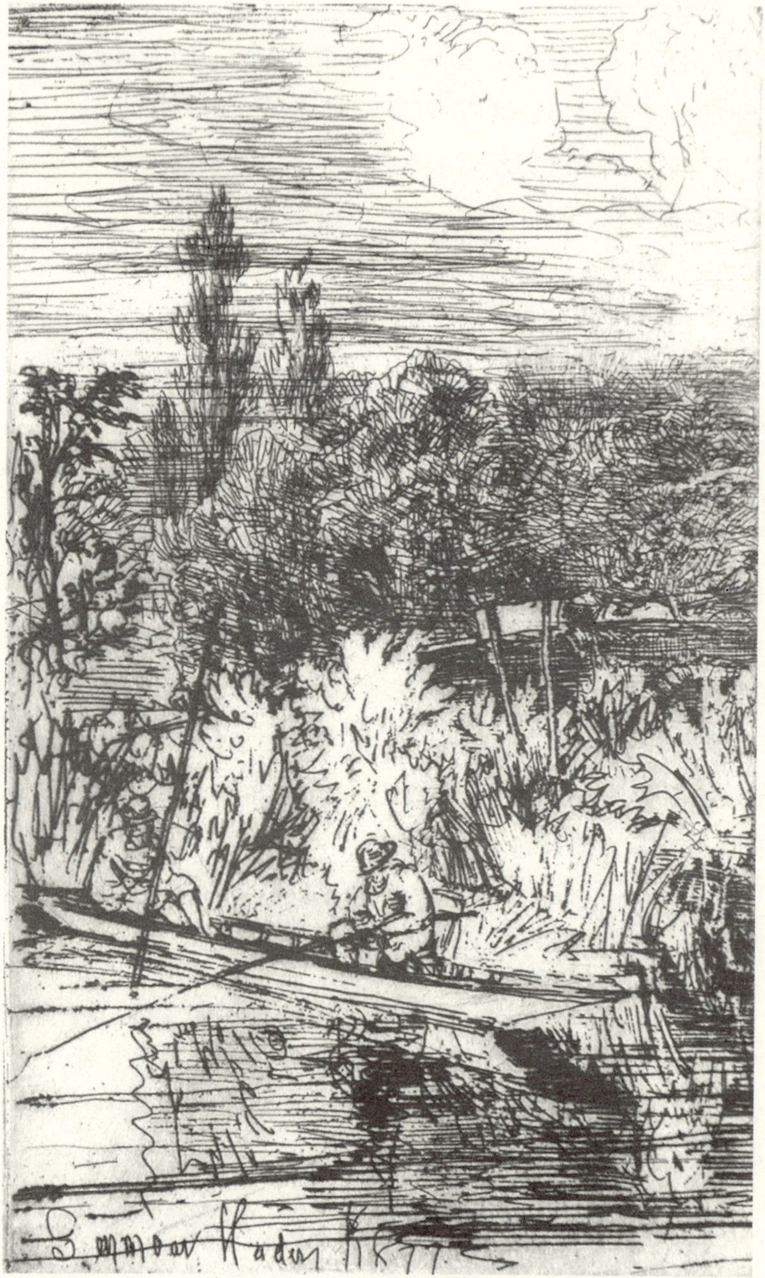

下水,不过并不多见。据拓普赛尔观察,肉蛙中有的以卵繁殖,有的则由陆上的黏液和尘土生成;冬天时,黏液生成的蛙复归黏液形态,待到来年夏天再化为活物;这是普林尼的观点。就"天上下蛙"这一观点,卡尔达诺①曾试图给出合理解释;不过,要我说,天上要下,也必下鱼蛙,因为它无毒。二三月时,沟渠中有黏液沉积,粘液中亦有黑色卵;鱼蛙便是从这黏液和卵中"生"出来的。产卵的时节一到,雌、雄蛙便以不同体式交配,呱呱大叫,甚是聒噪。肉蛙和蟾蜍就从不这么做。

再说说鱼蛙。倘若用青蛙做饵钓狗鱼,必得选体色最黄的那种,狗鱼才最喜欢。要让青蛙活得久些,可这么做:

从四月中到八月,捉一只蛙,将鱼钩放入它嘴中;这还不难。八月后,蛙嘴渐渐长大,至少半年不吃不喝,仍能维持生命,堪称奇迹。先将鱼钩放到青蛙嘴中,将线从鳃中抽出;随后,用细针和丝线将蛙腿上部缝到鱼线上,仅缝一针即可;也可以将蛙腿上关节以上与鱼线系在一起。这么一来,就可尽量避免青蛙受伤,蛙也就能活得更久些。

好啦,我已教会你如何用活鱼、活蛙做栓饵,接下来就该教你如何用这饵了:先将鱼钩系到鱼线上;记住,这鱼线就算长不过十四码,也不可短于十二码;寻一处狗鱼出没或可能潜伏其中的水洞,将鱼线固定到附近的树枝上;寻一叉状棍,将鱼线缠于其上,留出半码或更长,再将棍劈开,至于劈多少合适,全看你个人,只要鱼线不致乱掉即可。叉状棍应大小适宜,确保狗鱼咬钩前,不会被鱼饵和蛙饵拖至水下;如此一来,狗鱼将鱼线从棍上的裂口处扯下时,线的长度就足够它逃回洞穴并吞下鱼饵了。在水中央最易钓到狗鱼,因此,应令饵保持在固定位置,不被风或其他东西推到岸边;为此,应取小铅皮、石头、瓷砖或草皮各一,系于线上,再一并投入水中。这么一来,这串重物和架空的叉状棍就构成了个锚,免得狗鱼还没现身,叉状棍就先"跑"了。这方法用在栓饵上很是不错,值得一试。

倘若以活鱼或活蛙为饵,又恰巧碰上大风天,不妨将其系于树枝或草束之上,这么一来,鱼饵便能借风力在池塘、小湖中游动,而人只需立于河滩上注目即可;倘若狗鱼出没,立时便可发现。要是闲来无趣,想找个乐子,便可将这活饵系在鹅或鸭的身和翅上,这么一来,鹅或鸭便会在水面上来回追着这饵跑。同样,也可将三四只活饵系在囊包、树枝或装满干草、菖蒲的瓶上,令其顺流而下,人则只需沿河滩静静独行,还能兼顾水面,看看是否有鱼上钩。时间不多了,关于活饵我便不多说,剩下的,经验自会教给你。

若要用死饵钓狗鱼,只消跟我或是别人学着钓上一天,自然就会了;无非就是用死鲍鱼或拟鲤做饵,令其在水面上下浮动即可,容易得很,不必浪费时间专教你这个。这部分我既不多讲,作为补偿,就告诉你一个秘密吧:用狗鱼油融掉藤蔓的树胶,再将这糨糊抹到死饵上,投入水中;在水底过片刻后,将饵拉出水面,逆着水走;此时,鱼钩后很可能已跟着一只无比饥渴的狗鱼啦。还有些人证实说,倘若用鹭鸶腿骨的骨髓涂抹鱼饵,凡举鱼便垂涎三尺。

这些个法子,我一个都没试过,全是位德高望重的朋友告诉我的,权当送我份人情。不过,倘若这些钓鱼的法子并不好使,我下面要教你的烹鱼法子却必定管用:我亲自用这法子烹过鱼;这法子不一般,做出来的鱼味道也极妙。不过,这个法子可挑鱼的个头,怎么也得比半码长吧,越长越好。

首先,将狗鱼从鳃部剖开,必要时可向肚腹处斜切一刀。从剖口处掏出杂碎,留下肝脏;将肝脏、百里香、马乔莲、少许冬香薄荷一同切碎,再加入腌牡蛎和两三条凤尾鱼;凤尾鱼和牡蛎都要留全身,因为凤尾鱼会融掉,牡蛎却不会;加入一磅甜黄油一同搅拌,放盐入味。倘若烹的这条狗鱼比一码长,就加入一磅多黄油；若是狗鱼比一码短，则少放黄油足矣。搅拌好后，加入一两片肉豆蔻干皮，一并填入狗鱼腹中，再将其腹缝死，以免填料外露；倘若不能将填料全包住，那么量力而为，能多装便多装些。切莫将鱼去鳞。取烤肉叉一根，从鱼嘴叉入、鱼尾叉出。取约莫四五根木棍或细木条，布条适量；将木条从头到尾缚到狗鱼身上，再将布条缠于其上，缠厚实些，免得鱼身崩裂开，或是从烤肉叉上掉落。让狗鱼在火上慢慢地烤，再往鱼身上抹干红葡萄酒、凤尾鱼和黄油的混合物；炙烤鱼身时有汁流出，这汁也得用锅接着。烘烤完成后，托住烤鱼底部，将鱼身的布条解开或是剪去，一道烤鱼大餐就完成了。狗鱼需和肚中的酱汁一同摆盘，如此鱼身才能保持完整，不会碎掉。向狗鱼肚中和炙烤时流出的汁内加适量的上好黄油，再滴入三四滴橙汁。最后，把酱料、牡蛎和两瓣蒜一并放到鱼腹中，将鱼从烤肉叉上拿下后，可将蒜整瓣取出；亦可用蒜瓣涂抹装鱼的盘，作调味用。放不放蒜，全看各人喜好。

一道好菜就这么大功告成了。说实话，除了渔夫和诚信之人，一般人还真是无福享用呢。徒儿，为师相信你既会是个好渔夫，为人也诚恳，因此才将这一不传秘技传于你。

格斯纳曾说过，西班牙不产狗鱼，且狗鱼中最大者在意大利的特拉西美诺湖[①]，第二大的在英格兰；英格兰之中，又属林肯郡的最大。萨塞克斯郡则盛产四种鱼，即阿伦德尔的鳎鱼、奇切斯特的龙虾、塞尔西的海扇和安博利的鳟鱼。

关于狗鱼，我就不多说了。接下来再讲讲鲤鱼的习性与钓法吧。至于烹法，等我钓上一条来，再做给你看。

鲤鱼乃河中皇后，体态端庄，又十分狡猾。英国并非鲤鱼原产地，养殖鲤鱼的历史也不长；不过，鲤鱼早已在英国"入乡随俗"了。据说鲤鱼最早由一位名叫马斯卡尔德的人带到英国——这位绅士当时居住在萨塞克斯郡的普拉姆斯特德,如今,那地方的鲤鱼比全国任何地方都要多。

你应该还记得我的话:格斯纳曾说西班牙没有狗鱼;毋庸置疑,大约一百年甚至更早以前,英国也没有鲤鱼。关于这一点,理查德·贝克[①]爵士曾在《编年史》一书中有诗一句为证:

蛇麻草和火鸡,鲤鱼和啤酒,乃同年至英格兰。

毋庸置疑,一旦出水,海鱼中鲱鱼死得最快,淡水鱼中鳟鱼死得最快。除鳗鱼外,鲤鱼最能忍受艰苦环境,即便处境不利,也能活得最久。因此,要说鲤鱼是从国外引入的,这点很可信。

据说,鲤鱼和泥鳅一年中产卵数月,狗鱼和大多数鱼类则并非如此。若说繁殖习性,家兔和野兔倒与鲤鱼、泥鳅相似,某些鸭类亦如此:一年共十二月,其中九个月鸭子都在下蛋;不过,也有鸭子一年中最多下一个月。关于鲤鱼的繁殖期之长,还有一点可佐证:但凡从水中逮上来的鲤鱼,雄鱼少有体内无精的,雌鱼少有体内无卵的,夏天时更是如此。据说鲤鱼产卵爱在池塘里,却少在流水中。河中的鲤鱼肉质鲜美,甚为美食家推崇。

据有人称,鲤鱼在某些池塘中不产卵,水冷的池塘尤为如此;不过,鲤鱼一旦产卵,其数量简直数不胜数。亚里士多德和普林尼称,倘若周围无狗鱼和鲈鱼垂涎,鲤鱼一年可产卵六次,产下卵后便抛到水草、菖蒲或芦苇之上,过个十一二天,自然就孵化了。

倘若水中空间足,进食又好,鲤鱼便可发育得极大;我听说有的竟能长到一码多长。约维斯[②]曾对鱼类有所记载;他称,意大利有个卢瑞安湖,湖中鲤鱼长得极大,体重甚于五十磅——这一点确是可信的;狗熊怀子与生子都极快,不过熊的寿命也短,而大象出生前则要在母腹中待两年,还有人说是十年,出生后,需二十年才能长大,寿命亦有百年之久。据说鳄鱼也格外长寿,且终其一生都不断生长。因此,尽管我并未见有鲤鱼长过二十三英寸长,也愿意相信在英格兰某地,它确能长得比这还大。

鲤鱼产卵之巨,确是好事,然而,为何鲤鱼单单在某些池塘中产卵,而其他池塘,尽管周边土壤与其他因素皆无异,却不能令鲤鱼产下子嗣?除繁殖习性外,鲤鱼的消减亦令人百思不得其解;我曾在书中读过、也曾有诚实绅士告知:有人将约莫六十条鲤鱼放入自家屋旁的几个池塘中,塘周安有栅栏,主人又常常在旁,绝无偷盗可能;三四年后,主人将池中水排空,本指望经过多年繁殖后,鲤鱼数量会有所增加——想当初,这六十条鲤鱼乃是按雌雄一比三的比例入池的;岂料,如今池中竟既无老鱼、亦无幼鱼。我还知一塘主,也用了差不多的时间照料鲤鱼塘,几乎是寸步不离;然而,几年后在池边钓鱼时,却发现先前投入的七、八十条大鲤鱼里,此刻只剩五六只而已,他也便不怎么再去钓了;某个炎炎夏日,这人又去池中钓鱼,发现水面上有只大个鲤鱼,而鲤鱼头上竟有只青蛙!主人见状立即将整池水放干,发现原先投入的七八十条鲤鱼,如今只剩了五六条,且还病恹恹的、十分瘦弱,每一条头上都紧紧地扒着一只青蛙;这青蛙扒得可够紧,非得使出吃奶的劲儿,或者直接把它弄死,鲤鱼才能挣脱。跟我相熟的这位绅士称此乃他亲眼所见,且我们两人猜测相同——那些莫名其妙就下落不明的鲤鱼,想必正是被青蛙如此缠磨至死,遂葬身蛙腹的。

有位家住伍斯特郡[①]的体面人曾告诉我,说见到成串的蝌蚪像项链似的挂在狗鱼颈上,将其杀死。不过,蝌蚪杀狗鱼是为猎食还是泄愤,这点就无从得知了。

这些奇闻异事乃是我无意间讲到的;可说的倒还有不少,不过我说得已经够久了,且这些于你未必多么重要。我再讲讲鲤鱼的三四个习性,说罢后,便再教你钓法吧。

弗朗西斯·培根爵士曾在《生死史》书中有载,称鲤鱼寿命不过十年;其他人倒觉得该更长些。格斯纳说,帕拉丁①曾有一鲤鱼,寿命竟逾百年。多数人认为,恰与狗鱼和白斑狗鱼相反,鲤鱼年纪越老、身形越大,口感就越佳。据说鲤鱼舌肉质极为鲜美,价格也昂贵;不过,格斯纳又说了,鲤鱼与其他鱼不同,并未生有舌头,不过是有一条肉状的鱼在口中、看上去像是舌头罢了,确切的说,这部分应叫"颚";不过,这块肉确实极为鲜美。鲤鱼亦是皮嘴鱼的一种;我曾说过,皮嘴鱼的牙齿长在喉中,因此,只要鱼钩入颚,便很难逃脱。

我还告诉过你,弗朗西斯·培根爵士认为鲤鱼寿命只有十年;杜布拉维亚在《鱼与鱼塘》中,却称鲤鱼产卵从三岁开始,一直持续到三十岁;杜布拉维亚还说,鲤鱼于夏季产卵,夏日骄阳令土壤和河水升温,益于鲤鱼繁衍后代。这时,三四条雄鲤跟在一条雌鲤后,雌者故作娇羞,雄者则穷追不舍;雌鲤产出的卵紧紧附着于水草、菖蒲之上,雄鲤则将精子排至卵上。精、卵相合,不久即变为活生生的小鱼。我还对你说过,多数人认为鲤鱼一年中数月都在产卵,且除鳗鱼外,多数鱼类都这般繁衍后代。还有人称,雌鱼产卵后身子变虚,这时,与之交配的那两三条雄鱼便会助其脱离水草,一左一右托起它的身体,并护送它进入河流深处。有些听上去虽像奇闻异事,未必值得上心,但不可否认,确实有人愿意耗时费金,专门去打造个玻璃蜂箱,只为观察蜜蜂如何繁殖、建造蜂巢、遵从蜂后、治理王国。不过,鲤鱼倒不全是由交配产生的;跟狗鱼一样,鲤鱼传宗接代,亦有"另辟蹊径"之说。

医生认为,鲤鱼的胆和脑结石药用价值较高。意大利人靠卖鲤鱼卵给犹太人大赚了一笔;犹太人买鲤鱼卵是为做成红鱼子酱。《利未记》第十一章曾称鲟鱼不洁,因此,犹太律法不准族人用这种无鳞鱼的卵制鱼子酱食用。

关于鱼,格斯纳和亚里士多德还说过不少,杜布拉维亚也常在《鱼之语》中引用两家之言;不过,倘若说得太多,难免不令你迷惑,因此,鲤鱼的习性、繁殖之事,我便不多赘述了,还是给你讲讲钓法吧。有一事需注意:我曾告诉过你,鲤鱼极狡猾,因而难捉。

说到钓鲤鱼,第一条忠告就是要耐心,若在河中钓时,就更当如此。我曾听说有位渔夫,手艺了得;为在河中钓上鲤鱼,他兢兢业业地一连钓了三四天,每天都钓上四到六个钟头,却连一条上钩的都没有。不过,即便是有些池塘中的鲤鱼,也并不比河里的好钓多少;毕竟,池中的鱼食本就充足,池水又如黏土般浑浊不清,要钓鲤鱼上来,着实不易。不过我也曾说,"凡举天下规则,必有例外。"因此,你只消心怀希望,拿出比钓一般鱼更大的耐心来,我再教你该用些什么饵,也定能成事。钓鲤鱼之吉时,要么清早、要么夜里。水冷时,鲤鱼极少咬钩,因此,当选炎炎夏日行钓,且既不可太早,也不可太晚,免得水冷。还有人称,四月的第十日乃鲤鱼的"血光之日",最宜垂钓。这说法倒也新奇。

钓鲤鱼既可用鱼虫,又可用糌糊。要说鱼虫,蓝沼虫或草虫乃上上之选;不过,只要是个头不太大的虫,亦可取而代之,譬如绿软蛆;再说糌糊:糌糊种类之多,恰如治牙痛的药品种类之繁。不过,最好的当属甜糌糊:所谓甜糌糊,即是由蜂蜜或糖制成的那种。糌糊做好后,要想骗过狡猾的鱼,不妨提前几个钟头将糌糊投入水中,再下钓竿。若是将糌糊搓成弹丸状,提前个一两日就投入水中,鲤鱼上钩的几率就更大。倘若池塘较大,应将鲤鱼聚到一处,行钓时才更方便:这时,不妨先将谷粒、掺血的牛粪或谷糠,抑或鸡杂碎之类的东西投入池中,再将搓成弹丸状的甜糌糊投入;垂钓同时可再扔些糌糊丸,效果更佳。

糌糊的制法如下:取切成小块的兔肉或猫肉,再取些豆粉——倘若无豆粉,

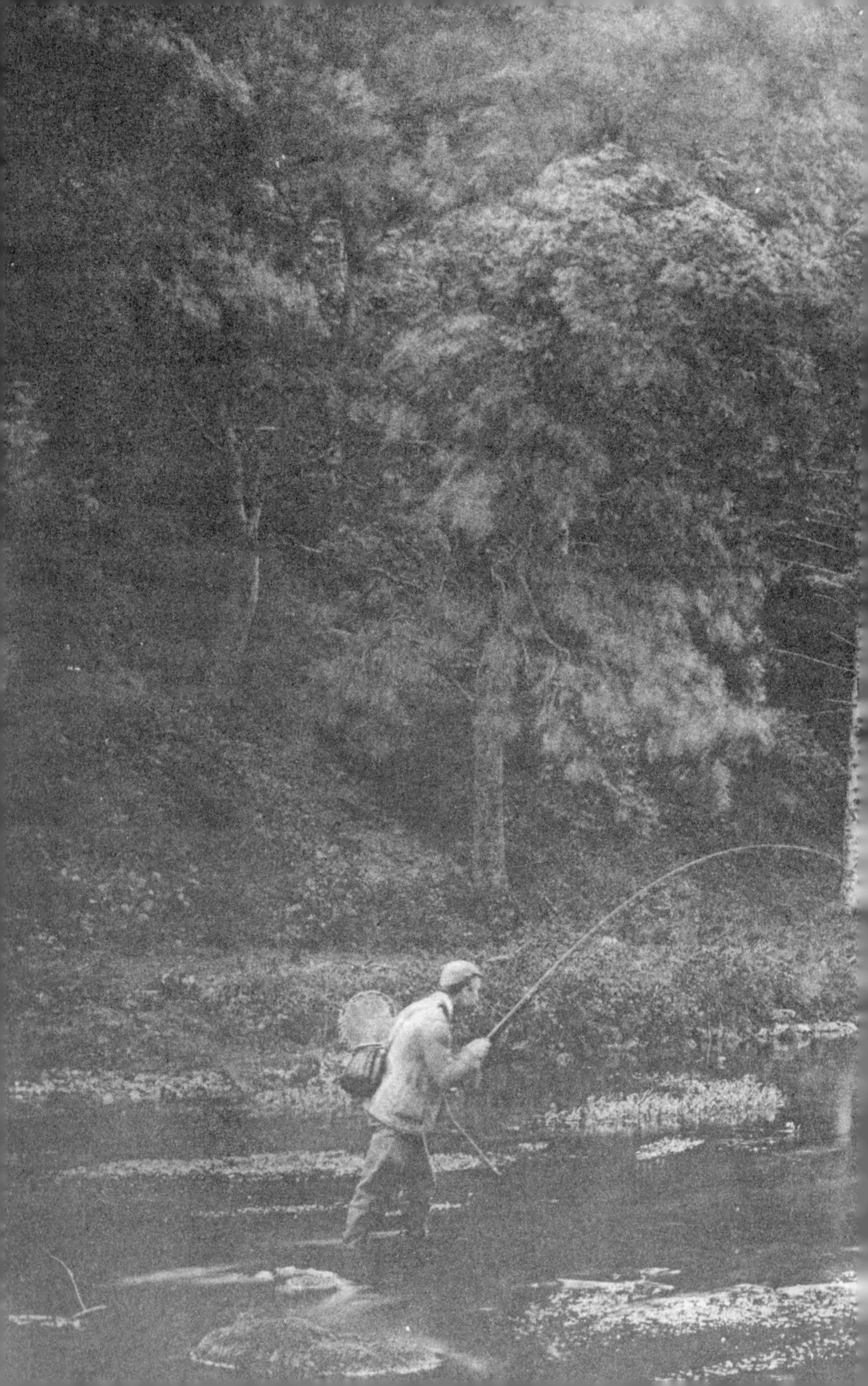

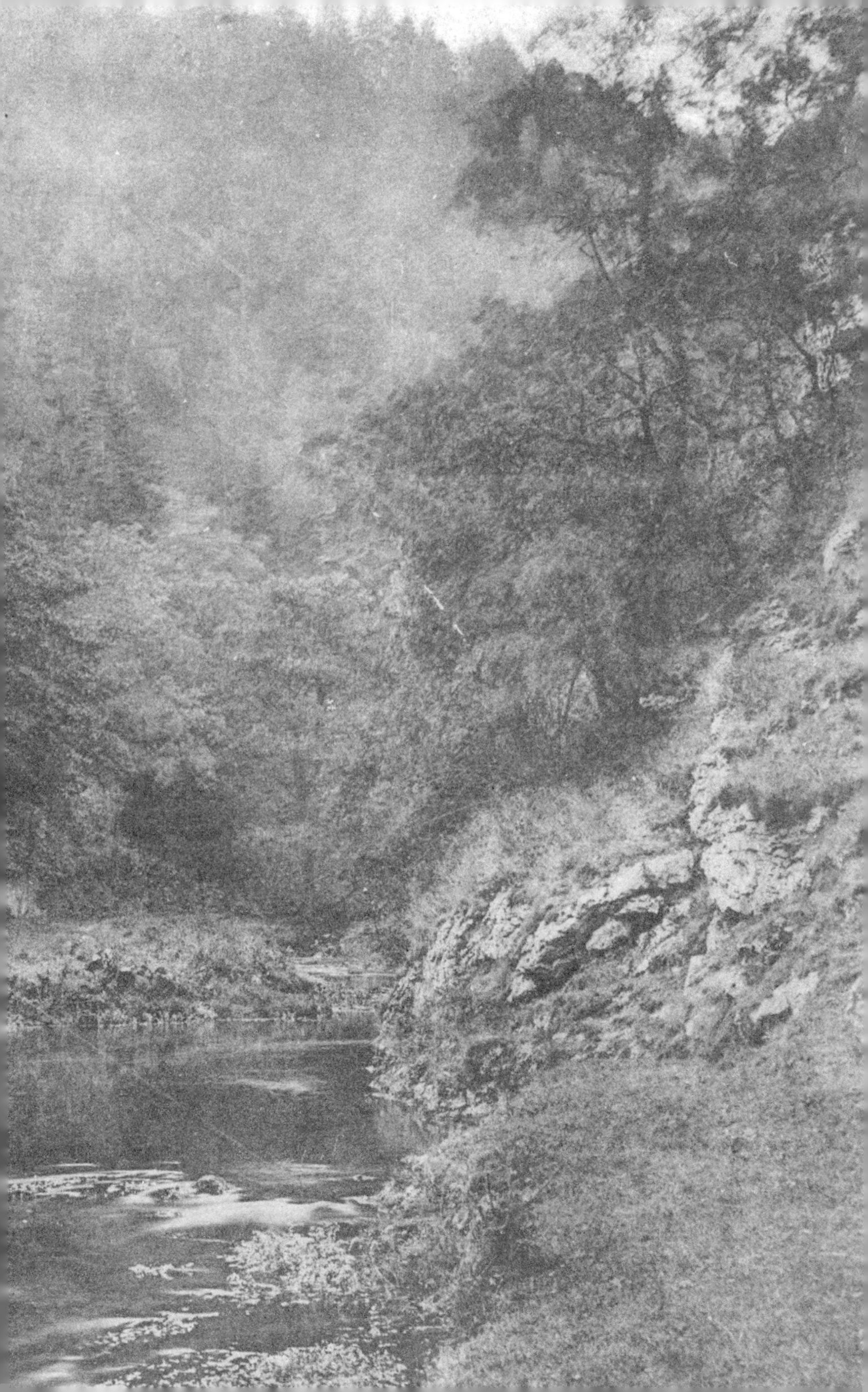

亦可取其他粉代之；将豆粉掺入肉块，再加入糖——依我之见，若能替换成蜂蜜，则更好；将搅好的糍糊用石臼捣烂，也可用手揉碎，不过得保证手是干净的；将糍糊搓成球状，一、两、三个皆可，全凭你喜好；不过，倘若用石臼，得保证捣的够久，如此做出的糍糊球，硬度足够，不致被河水冲散，但也不会过硬；最好取些白、黄色毛，一并搅进糍糊中，方在鱼钩上粘得牢。

若想将这糍糊存上一年，好在钓别的鱼时也能用，就在其中掺入纯白蜡和清蜜，并在火堆前用手揉捏成球状。如此一来，糍糊便可保一年不坏。

若是用软蛆钓鲤鱼，可在钩上放块红布，瞧，这般大小便可。需先寻些硝石油，有些人也叫岩石油，用它浸泡红布或涂抹其上；提前两三天时，将软蛆放入用蜂蜜涂过的盒子或牛角中，这么一来，软蛆上钩时依然是活的，也就可以骗过狡猾的鲤鱼了。不过，真正行钓时，需嚼些白、黑面包，扔到浮漂四周。鲤鱼饵还有些别样的，不过，只要勤奋、耐心且事事留意，我教给你的这些也就够用了，且比起我用过或听说过的别的饵，都要更好。此外，白面包屑和蜂蜜制成的糍糊也不错，制法也更简单。关于鲤鱼，我说的已够多了，再说说鲷鱼吧。鲷鱼也有趣得很，你不妨耐心听听。

不过，在此之前，总得先教教你鲤鱼的烹法吧？这鱼既得来不易，肉质又鲜美，倒也值得费番苦心、好生烹调。尽管做法有些麻烦，也需些花费，毕竟口感出众，倒也值得。

取鲤一条，以活的为宜。用盐水洗净，不要去鳞；剖开鱼腹，放鱼身入锅中，用壶亦可。断不可扔掉血与肝。再取马郁兰、百里香、西芹，各抓半把，迷迭香和香薄荷各一根，束成两三小捆，再取洋葱四五头、腌牡蛎二十只、凤尾鱼三只，一并填入鲤鱼腹中。向锅中倒入干红葡萄酒，刚能没过鱼身即可，再加入盐、丁香、肉豆蔻干皮、橘皮和柠檬调味。上述步骤完成后，盖上锅盖，上急火煮。烹煮充分后,将鲤鱼与肉汤一并装盘,再取四分之一磅上好淡黄油融掉,掺入五六勺肉汤,两三个蛋黄与菜蔬片,一并浇到鱼身上。用柠檬装饰,端盘上桌即可。如此一道佳肴,必能令你食指大动。

鲷鱼发育成熟后个头很大,真是威风凛凛。它在河中和池中都能活,但最喜的还是池塘;倘若塘水上佳、空气又足,鲷鱼就会发育得异常大,乃至体壮如猪。格斯纳说过,鲷鱼生性温和、讨人喜欢,鱼肉倒不怎么滋补。鲷鱼发育得慢,不过,倘若环境适宜,它产的卵也多;鲤鱼产卵过快,小小一池装不下,有时竟逼得其他鱼食不果腹。

鲷鱼体阔,尾呈叉状,鱼鳞排列极为整齐;眼大而口小,且口呈吮吸状;有牙两副,骨呈菱形,专生一骨用于磨食。雄鱼有两大块精巢,雌鱼有两个大卵巢。

格斯纳说,波兰有一池塘,人们曾向其中放入大量鲷鱼。到了第二年冬天,池水冻成了一整块冰,滴水不剩。然而,无论如何寻找,池中鲷鱼全然不见踪影。到了第二年春天,天气变暖,池中冰尽数融化,活水涌现,此时,"消失"的鲷鱼却奇迹般出现。这是格斯纳亲口确认过的事情。初听这故事,不亚于无神论者听闻上帝复活,简直无稽之谈;不过,倘若想想蚕与诸多昆虫的繁殖及蜕变,便也不觉为奇。培根在《生死史》第二十卷中称,有的植物死而复生仅在一年间,有的则更耐久。

鲷鱼虽不能遍调众口,倒是极受法国人推崇;法国当地甚至有一句谚语:

池中有鲷鱼,宾客常络绎。

鲷鱼肉质最佳处当属鱼腹和鱼头。

有人说，鲷鱼和拟鲤的卵常混杂，在一处孵化；因此，多地都有鲷鱼的"杂种"，个头不大、口感欠佳，数量却很多。

鲷鱼饵种类丰富：可用黑面包与蜂蜜制成糨糊，亦可用软蛆或黄蜂幼虫。黄蜂幼虫与软蛆相似，需先放入锅中烤硬，或放于火炉前的瓷砖上烘干。水中的菖蒲或芦苇，其根部较潮湿，多生一虫，状似蛆，亦可作饵用。六七月份时，也可用掐去腿的蚂蚱引鱼上钩，或在菖蒲水下处觅几种飞虫做饵。鲷鱼饵还有很多，都很好，但我只传授你最佳者：这种饵既可钓鲤鱼，又可钓鲷鱼，且河中、湖中都适用。我从一位为人诚实、技艺精湛的渔夫处习得此法，也愿你能承袭这两种品德。且听我细细道来：

先寻红虫一只，越大越好，且虫身不能有节。雨后的夜里，这虫可在花园或白垩地上寻得，捉个一品托[1]或一夸脱[2]即可；取青苔，洗净并挑出杂碎，将青苔中的水充分拧干，并与捉到的红虫一并放入土罐或小壶之中。每三四日换一次青苔，持续上三四周，如此，红虫状态方可保持最佳，虫身干净，活蹦乱跳。

饵制好后，需将渔具备好。取长鱼竿三根，足量的丝、毛、线，还要多带些鹅羽或天鹅羽制成的浮漂。取铅皮一片，系到鱼线下端，把链钩也系到铅皮上；令铅皮和链钩间隔上一英尺或十英寸远，还得保证铅皮足够重，能令浮漂入水；断不能令浮漂承铅皮重，而需令铅皮沉底。倘若担心狗鱼和鲈鱼会赶在鲤和鲷之前咬钩，便可大胆一试，将与钩相接的那段线取得细一些。稍后我也会演示给你看。此外，鱼虫套到钩上后，因铅皮牵动，会在水中上下蜷缩，引诱群鱼前往，且毫不存疑。

鱼饵、渔具皆制备完善后，待到某个炎夏午后，大约三四点钟，到平日里鲷鱼成群出没的河边。这时，鱼群正从河中深洞里去了又回：鲷鱼群的踪迹很好辨认，因为它们在四点左右回洞，且多数会在河底觅食；不过，偶有一两只会在水面上翻来滚去。这一两只鱼权可看作哨兵,留心它们玩得最欢、待得最久的地方,通常就是整条河最宽、最深的一处。在此处或附近寻得一块干净又合适的地方落脚,取出一支备好的鱼竿,探探水深。通常说来,河水有八到十英尺深,站在距河岸两码的地方最佳。仔细考量,水位是否会受周围磨坊影响,因而第二天日出前有所涨退;自行判断后,为当前水位富余出半英寸的浮动范围,否则,栓饵上或其旁的铅皮和浮漂顶,即便能直立,也不过能出水半英寸长而已。

选定垂钓的地点、确定水深后,就可以回家准备栓饵了,栓饵之关键,亦不容小觑。

栓饵

取一配克①或一配克半的大麦芽,量多量少视河宽、河深而定。将麦芽在壶中水煮,煮开两三回即可;煮过后,将麦芽盛入布包之中,拧去水分,且这拧出的汁水也得用桶接着,不要浪费:这汁水可是好东西,可以用来饮马。待到麦芽在布包中冷却后,晚上将它带到河边,且需等到八九点方可,断不可早去。将麦芽一分为三,取其中两份,用手搓硬;这样,麦芽入水后便即刻沉底。要控制好麦芽,令其落在你要钓鱼的地方附近——倘若河水流势急,就将手捧的麦芽抛得再高些,向着河上游抛。亦可用双手用力捏紧麦芽,这样,下落时就不易被河水冲散。

栓饵准备周全,渔具也架好了,当晚便可将钓包、其余渔具和栓饵留在原地;次日清晨三四点钟时,再到水边看看,不过切莫靠得太近,惊了那狡猾的"哨兵"。

取三只竿中的一支,动作要轻,挂鱼饵上钩;将鱼钩抛到栓饵上方,再轻轻地、悄悄地将鱼钩拉近身边,直到铅皮停驻在栓饵②的中央。

再取第二只竿,将其抛到第一只竿上方一码处、第三只竿抛到第一只下方一码处,将所有鱼竿都固定到地面。鱼竿固定好后,你就该离开了,要走到远处去,

143

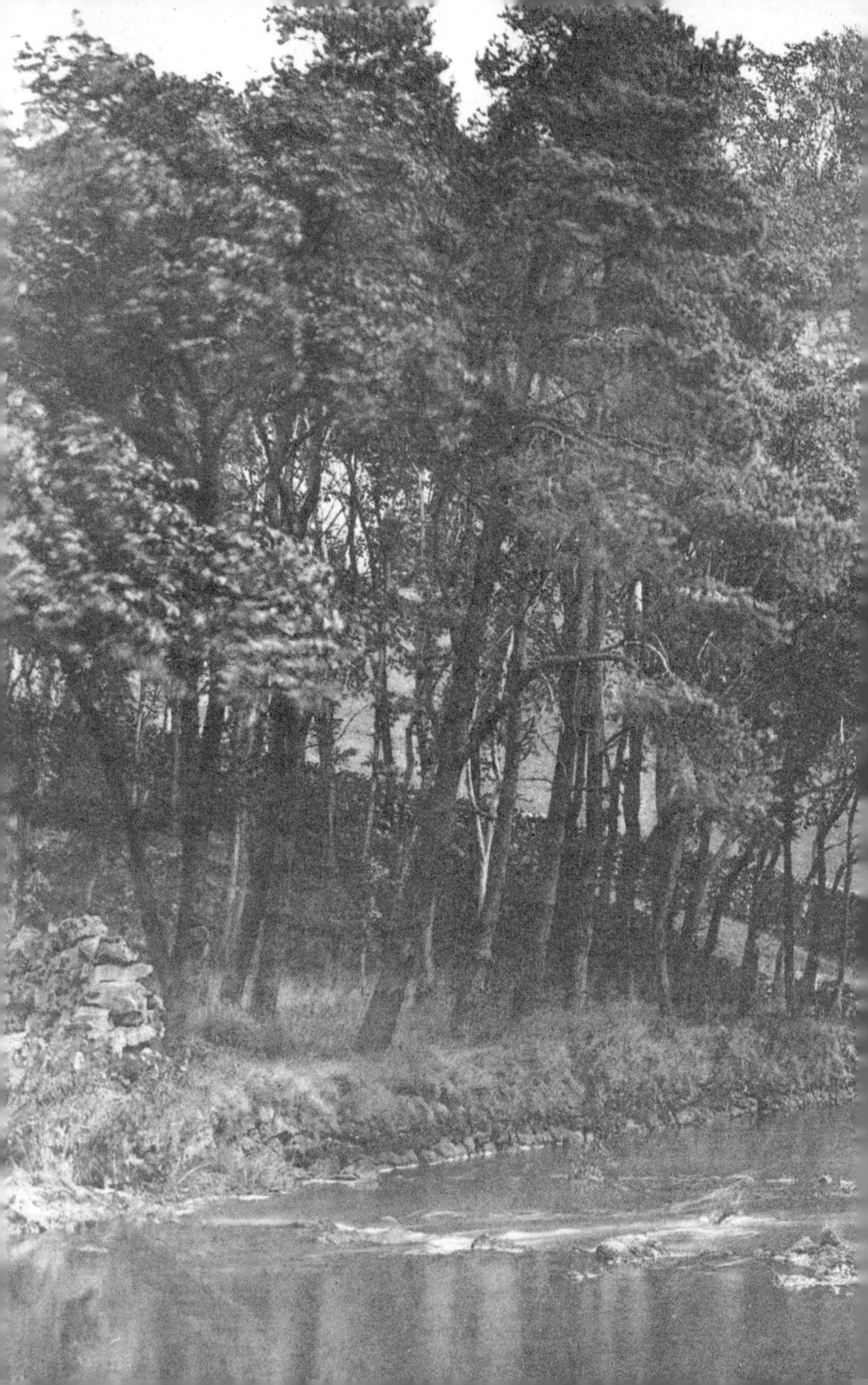

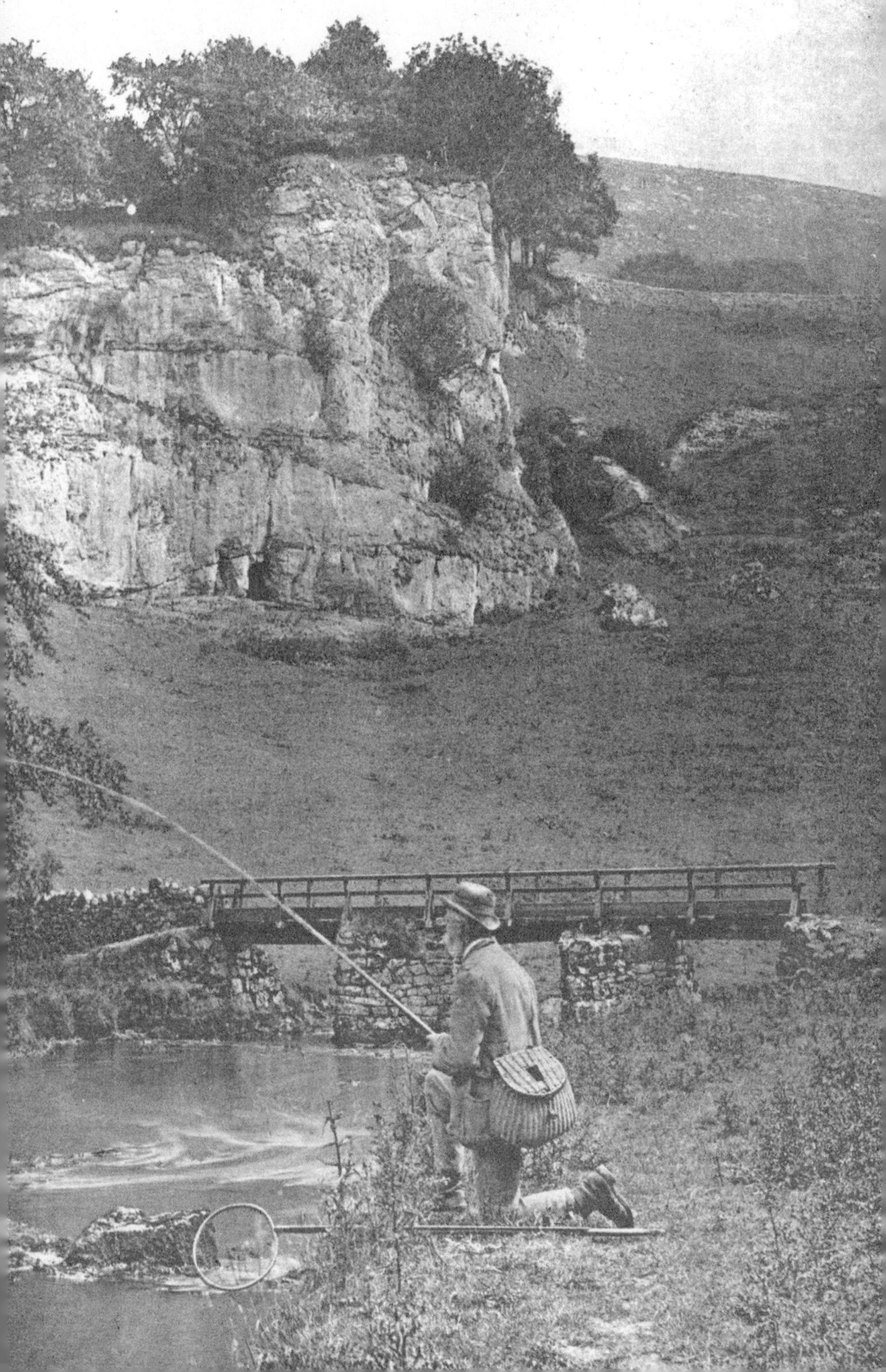

直到仅能看见浮漂为止。要时时留心浮漂的动向。有鱼咬钩时,能看到浮漂顶突然沉入水中:这时,可切莫急着跑过去,等到鱼线有明显动静时,你再蹑手蹑脚地回到水边,尽可能"喂"线入水。这时,若上钩的是条大个鲤鱼或鲷鱼,它便会拖着线向河对岸游;轻轻地拉线,令鱼竿弯起片刻;不过,倘若你和鱼都在扯线,那你一定会空手而归,因为线、钩会一并断掉。如果你能克服这种种困难,就一定大有所获,且鲷鱼一旦入捞网便十分老实,不难对付。鲷鱼不像鲤鱼那么强壮,胆子也小些。

关于鲷鱼的习性和钓法,确有不少说道;不过,"纸上得来终觉浅,绝知此事要躬行"。有一点需牢记,且时时小心:倘若河中有狗鱼或鲈鱼,它们一定会先于鲷鱼咬钩,也最先被钓上来。狗鱼和鲈鱼的体格一般较大,它们游过来不是为吃栓饵,而是为逗弄栓饵附近的鱼苗,并将其吃掉。你可得分辨清楚,别叫狗鱼给骗了——有好几次,我就在鲷鱼钩上钓上来一码长的狗鱼。倘若你本就想连狗鱼一并钓着,则可这么做:

取一条小银鲤、拟鲤或鮈鱼,要活的,放于钩上;将这活鱼置于鱼竿间,还得跟软木塞隔上个两英尺远处,钩上放只小红虫。取白面包屑或栓饵适量,轻轻撒到鱼竿间。倘若狗鱼现身,则小鱼必欲跃离水面逃之,不过,活饵定会为狗鱼所咬。

从早上四点开始,你便可以继续钓鱼,一直钓到八点;倘若那天天空阴沉多风,则一整天里都会有鱼咬钩。不过,一整天都待在同一处,未免令人难以忍受,还会扫了你晚上的兴致。

可于下午四点时再返回河边;一旦站定,就将剩下栓饵的一半投入水中,然后站远些;都到这个点了,鱼也是要进晚餐的,因此必会靠拢过来,这时,可以在旁边抽上管烟;再像早上一样将鱼竿放入水中;如此,到晚上八点前,你便可以尽情钓之,"过把瘾"。这时,再将剩下的栓饵全部投入水中。次日早四点前,再到水边钓上四个钟头,尽尽这难得的兴。最后,把鱼竿搁在那里就是了,什么时候你和朋友兴致再起,便可随时上手。

钓鲷鱼最好的时节,当属圣詹姆斯节到巴塞洛缪节之间:鲷鱼经过一夏的"食补",最是膘肥体壮。

还有一点:连着钓了三四天后,水中鱼会变得十分警惕、"谨言慎行"起来;你下一次钩,最多也只有一两条鱼来咬。此时,只能暂时罢手,过个两三天再卷土重来。与此同时,倘若以后仍打算在同一地点钓鱼,就取一块木盆大小的草皮,其上的草要绿,但不能太长。取针和绿线,在长草的那面缝上数只小红虫,尽量覆盖整块草皮,再取一圆木板置于草皮之下,在两者中间钻一洞;取一根长度适宜的线或绳,将草皮和木板系到一根杆上,再令整块草皮都沉入水底,让水中鱼不受干扰地饱餐个两三天。等到将草皮拽走后,就能复尝钓鱼之乐啦。

丁鱥乃鱼中之医者;它最喜水坑,池塘次之,最不喜的就是河流了。不过,卡姆登曾说,多塞特郡[①]有条河,亦生有大量丁鱥,但都居于河中最深、最静处。

丁鱥的鳍较大,鳞则小且光滑,眼大呈金色,眼周有红圈,且两边嘴角皆生有小刺。丁鱥脑中生有小石两块,外国医生将其用于治病,疗效极好。丁鱥肉并不怎么滋补,少有人推荐食用,外敷药用的效果却甚佳。朗德勒[②]说,他曾在罗马见人将丁鱥涂抹到重病者脚上,使得病人痊愈;他还说,这涂抹的方法很不寻常,是犹太人施行的。据说犹太人的秘密多着呢,只不过基督徒不知道罢了:这些秘密虽未有载,却从所罗门时代就已存在——所罗门上知天文,下知地理,他的知识虽从未成文,却由父到子口口相传,且对外族人秘而不宣,否则便是亵渎神灵。不过,据说生吞跳蚤治黄疸这一疗法,即是由犹太人或地位更卑微者传于我们的。犹太人或是探索、或是借神迹发现了这些疗法;毕竟,我们可不是从学习得来的。

所以说,丁鱥口感虽欠佳,对人类倒大有裨益,且不论生死皆是如此。不过,其余的,我就不敢妄言了——垂钓乃诚实、谦卑之艺术,断不会教出狂妄之人;研习医学与神学之人,总不免有些蠢才,自认为了解那些秘而不宣之事,却为拥趸招致毁灭之灾。对于这些人,我没什么好说的,惟愿他们能变聪明些。我倒敢说,丁鱥乃鱼中之医者,对狗鱼来说更是如此:狗鱼生病或受伤时,多是因丁鱥触碰而治愈。有人说,狗鱼虽暴虐,倒也不会因饥饿便化身"中山狼",将恩医吞吃入腹。

丁鱥天生自带一种香脂,既能自愈,亦能愈他。丁鱥喜在脏水中过活、于水草间觅食,且是大快朵颐——你尝尝丁鱥的肉,就知道它肯定没少吃那些个脏东西。讲了这么多丁鱥的习性,就再讲点钓法吧,不过,也确只有"一点"可讲。

黑面包和蜂蜜做的糨糊、沼虫和沙蚕,丁鱥都爱吃;若是能在糨糊中混上些柏油,或是将小虫去头、再攥只鳕虫一并上钩,它就更欢喜了。炎夏三个月里,用菖蒲虫或绿软蛆做饵,丁鱥亦会上钩;另外九个月天气较冷,它就动弹得少了。关于钓法,我就不多说了,毕竟我不常钓它,只愿你有好运、能钓上一条来。

渔夫:鲈鱼不错,咬钩也大胆。跟狗鱼和鳟鱼一样,鲈鱼亦属"掠食鱼",口中有大齿,敢于捕杀其他鱼类。鲈鱼背部拱起且有刺,又尖又硬,周身覆满厚重且干硬的鳞,且背上生有两鳍,为鱼类所少有。鲈鱼何其胆大,连同类也不惧于挑衅;要知道,即便是狗鱼都不会轻易如此。因此,倒不必怀疑,鲈鱼咬钩时也必同样大胆。

据阿尔德罗万迪说,鲈鱼在意大利备受推崇,体小者更是味美。格斯纳重视

鲈鱼和狗鱼甚于鳟鱼,乃至甚于所有淡水鱼:他曾称,德国人有这样一句谚语:

比莱茵河⑤中的鲈鱼还要健康。

格斯纳还说,河中的鲈鱼保健功效极好,医生都令伤者、发烧病人或产妇食用。

鲈鱼一年中仅产一次卵;在医生看来,这卵极有营养价值,不过,多数人倒觉得难以消化。朗德勒称,鲈鱼在波河⑥和英格兰产得最多,且这鱼脑中有一块小石,外国药店常拿来出售,据说治疗肾结石有奇效。这些都是哲学家们对淡水鲈的赞辞;不过,他们也说,背部只有一个鳍的海鲈鱼更佳,不过海鲈鱼在英格兰确不常见。

鲈鱼生长缓慢,不过能逐渐长到近两英尺长。这一点我深以为然,只因有位靠谱的朋友曾告诉我,亚伯拉罕·威廉姆斯爵士不久前就钓上过这么一条:这鲈鱼体极阔,且吞了只有自己一半长的狗鱼;我跟你说过,鲈鱼猛得很。倘非饿极,狗鱼断不敢打它的主意。为震慑狗鱼、也为自保,鲈鱼会将鱼鳍竖起;这就跟孔雀开屏是一个道理。威廉姆斯爵士品德高尚,又颇爱垂钓,而今已是高寿;我祝他福如东海,寿比南山。

不过,徒儿,鲈鱼并非只有自保时才勇猛;像我方才所说,它咬钩时也极大胆。不过,鲈鱼不会一年四季都咬钩,它在冬日里极为节制,倘若天暖,才会在中午时咬上那么一咬。还得注意,不仅鲈鱼,冬季日暖时,所有鱼都爱在中午咬钩。有人曾观察到,桑树出芽前,鲈鱼通常不咬钩,也就是说,春日寒霜未过前,鲈鱼不咬钩。桑树开花时,园丁便知新结果实已挺过寒霜,而渔夫则知鲈鱼开始咬钩了。

鲈鱼一旦咬钩便再无顾忌。曾有人这般描述鲈鱼咬钩的场景,语言十分风趣:倘若一洞中有二十或四十条鲈鱼,便可一条接一条地一次全部钓上来——鲈鱼仿若人之丧良者,纵然眼见同伴逐一消失,亦不为所动。此外,鲈鱼常常如军队行军般结伴而行,断不像狗鱼独来独往。

鲈鱼咬钩虽大胆,钓它的饵却不多,非要挑出几个,那就属鱼虫、米诺鱼和小青蛙了。这三样在晾晒干草的时节都不难找,不过,比起别的饵来,也并不能令鲈鱼格外倾心。先说说鱼虫吧:有一蛆从粪堆中生,名"红蚯蚓",若是用青苔或茴香清了肠,就最好不过;还有种专生在牛粪下的虫,头部呈蓝色,钓鲈鱼也好使。若是用米诺鱼做饵,取活的最好:将鱼钩从背鳍上或上唇穿入,令其在河中或河下处上下游动,再用只软木塞控制水深即可,所取木塞不可过小。用小青蛙作饵时亦是如此:将鱼钩穿过其腿皮,向腿上部走。还有一点忠告:要留出足够的时间让鲈鱼咬钩;大多数渔夫都太过匆忙了。好啦,说了这么久,我可累坏了,也该歇歇啦。

猎人:别呀,师父,再多讲一种鱼也无妨;你瞧,这雨还下着呢,而且您方才说过,把鱼竿架在水中就好比放高利贷,就算我们干坐着、光聊聊天,鱼竿也"赚"着钱哪!来吧,好师父,再给我讲一种吧。

渔夫:徒儿啊,为师讲了这么久,言辞间难免无趣,徒生老套。你可不好袖手旁观吧?你也来做点什么,好让我精神精神,他日记起今时,也好有个念想。

猎人:成,师父,我就给你来上一段邓恩®博士的诗吧——这诗口吻温和、行文平顺,邓恩可是下了一番功夫。其中对河流、鱼类和垂钓有所隐喻,我很是喜欢。且为您背上一段:

吾之爱与吾共居,共享生涯之奇趣

遍观金沙与清溪,金色丝线配银钩

小河喁喁自东流,尔之美目胜日光
佳鱼静静水中卧,甘愿上钩为尔乐

吾爱时有水中游,河中群鱼欣然来
若说尔来把鱼捉,何妨说是鱼捉尔

若尔欲遮日与月,日月失辉天地暗
若尔准吾细赏看,无需日月赐光辉

但令渔夫受寒冻,贝壳野草刺其腿
但令奸人肆捕鱼,又用筛来又用网

且让粗汉泥上站,糙手甩鱼上河岸
且让奸徒执渔网,蒙骗可怜鱼儿眼

尔无需行欺瞒事,光芒四射鱼自来
若是有鱼不上钩,慧眼胜吾千万倍

渔夫:记性不错啊,徒儿!真是首好诗。这诗之前我应是听过的,不过已忘得差不多了,今日经你一提醒,往事历历在目,当真该好好谢谢你。我刚才也歇了一阵儿了,就不妨予你些回馈吧;给你讲讲鳗鱼。正好雨还未停,而你方才也

说,渔夫就像是放高利贷的,就算是在作乐,也一样有收成;那么,我们不妨

在这金银花树篱下多歇一会儿。

世人大多认为鳗鱼极为味美:罗马人将其尊为宴席上的"海伦"[②];亦有人奉其为"舌尖上的王后"。然而,说到鳗鱼如何繁殖,世人却众说纷纭、莫衷一是:有人说它与其他鱼无异,皆是代代相生;有人说它与某些虫类相似,生于泥浆之中;有人说它仿如埃及的老鼠,在尼罗河上经阳光照射而生;还有人说它由土壤腐败而生,等等,等等,诸如此类。要说鳗鱼代代相生,不信的人就问了,可有人亲眼见过鳗鱼的精和卵?相信的人则称,就算他们未亲眼见过,也敢像亲眼见过般笃定,只因鳗鱼与其他鱼一样,具备生育所需的所有器官,只是这些器官较小,与鳗

鱼肥硕的身子一比，不易察觉罢了。不过，要察觉也并非完全不能，毕竟雌、雄鳗鱼鱼鳍有所不同，可作区分。朗德勒也称曾亲眼见到鳗鱼相互交缠，状似蚯蚓。

也有人说，鳗鱼年岁增长后，终归年老腐朽，下一代便由腐而生。弗朗西斯·培根爵士说鳗鱼天寿不超十年。另有人说，在某些国家，珍珠由粘稠的露珠生成，经阳光照射浓缩终成珠形；类似的，在每年五六月光景，造化天成，一种露水会落于某些池塘或河岸，经太阳一晒，泥土中的露便化为鳗。古人将露水化成的鳗鱼称为"朱庇特之子"。某年七月之初，我曾于坎特伯雷附近见到一河，其中鳗鱼苗众多，皆是稻草般粗细；它们密密麻麻挤在水面之上，简直如同太阳黑子一般。听说这种情况也曾出现在其他河流中，譬如塞文河——当地人将鳗鱼苗称作"耶尔福"；斯塔福德郡附近有个池塘，或说小河，每到夏天，河中鳗鱼苗生得太多，附近穷苦人家皆可用筛子或床单捞出，制成一种鳗鱼糕，当作面包吃。格斯纳还引用可敬的比德之言，称英格兰有一岛，因盛产鳗鱼而得名"鳗岛"。藤壶和鹅仔可经阳光照射生，或从触礁腐船板和树木中生；关于此，德·迪巴尔塔斯、洛贝尔和博学的卡姆登都曾有所考证，勤学的格哈德亦在《植物大全》中有所描述。既然如此，鳗鱼又未尝不可像某些虫类、蜜蜂和黄蜂那样，由露水或土壤腐败而生呢？

朗德勒说，在与海相通的河中生养的鳗鱼，一旦尝过了海水的滋味，便再不回淡水；这一点恰与鲑鱼相反。这点我是相信的，因为鳗鱼最喜腌牛肉做的饵。弗朗西斯·培根爵士曾说鳗鱼天寿不过十年，却在《生死史》中提到罗马皇帝曾驯养过一只七鳃鳗，竟活了近六十年；据说这七鳃鳗极讨人喜欢，以致离世之时，它的主人，也就是雄辩家克拉苏为之哀悼不已；黑客威尔博士也曾写到，霍登西乌斯也曾为所养七鳃鳗离世而垂泪：那七鳃鳗他养了许久，可谓爱护有加。

一年中较冷的那六个月里，河中与池中的鳗鱼不在水中多做活动，而是钻入柔软的土壤或泥浆之中;鳗鱼成群结队,以彼此为床铺,就像燕子在空心树洞中冬眠一般,整整六个月不吃不喝。关于这一点,即便不是所有人都相信,至少大多数都这么认为。燕子和鳗鱼此举完全是为度过寒冬:格斯纳曾引用艾尔伯图斯之言,称公元1125年的冬天格外寒冷,鳗鱼受天性所驱,从水中出逃,转而栖身于一堆干草之中,而这干草下是块干涸的草地;鳗鱼在干草中互为铺盖,却仍因一场寒霜而丧命。卡姆顿也称,人们曾在兰开夏郡⁰用铁锹从土中掘出过鱼,而附近并没有水。关于鳗鱼,我再多说一点:鳗鱼固然不能忍受严寒,不过,天气暖和时,即便不在水中,鳗鱼也能存活五日之久。

最后,乐于探索自然之人发现鳗鱼下分几类:银或绿鳗,产于泰晤士河,唤作"格里格";黑鳗,头要比一般鳗鱼平且大;还有一种红鳍鳗,在我国极少出现,不过有时也碰得上。有人说,这几类鳗鱼的繁殖方式亦"多彩多姿":有的从土壤腐败中生,有的从露水中生,另外还有些法子,我之前也都提了。不过,银鳗虽也是代代相生,却不像其他鱼类那样打卵里来:它们打娘胎里出来的就是活生生的鱼苗,还没有一根钉大。关于银鳗的生法,有人已经证实过了,我也有不少证据,立时可举,不过眼下没这必要啦。

我说的已不少,该讲讲钓法啦。鳗鱼饵有不少:腌牛肉、沙蚕、圆蛆、米诺鱼、母鸡和鸡雏的杂碎、鱼杂碎皆可。鳗鱼生性贪吃,因而并无忌口之说;不过,倒也偏爱一饵:有一体型极小的七鳃鳗,唤作"普莱德";在较热的几个月里,"普莱德"在泰晤士河里,或是别的河的泥堆里头都不少,就像在粪堆中找蛆一样容易。

还得注意,鳗鱼在白日里极少动弹,而是悄悄地藏起来;因此,需等到晚上,拿上我方才讲的那些饵去钓。钓鳗鱼时,可"按兵不动",将鱼钩固定到河岸或树枝上;亦可取鱼线一根,线上搭数个钩,每个都布上鳗鱼爱吃的饵,再在线上拴土块、坠子或石块,丢入水中,次日早上,鱼线便会在固定的地方不动,这时,再用脱钩或别的工具将线从水中拉起。这些知识寻常得很,不值得一提;只消看渔夫钓上半个时辰,不管是鳗鱼还是别的鱼,你就都会钓了,可比空口讲上一周还要管用。在某个天气温和的夏日,我曾用这招"垂钩法"钓上不少鳗鱼,真可谓其乐无穷啊。

你入行不久,想必并不知何为"垂钩法",我便与你细细道来。我曾对你说过,鳗鱼在白日里不爱动弹,而是喜欢找个地方藏起来:有时是防洪闸的木板下,有时是鱼梁和磨坊附近,有时是河岸的洞里。因此,寻天暖且水流缓慢的一日,取一结实的小鱼钩,再找根结实的鱼线系上;若想选条一码长的鱼线,也是可以的;将鱼钩放入鳗鱼洞中、磨坊的木板间或巨石与木板之下,凡举鳗鱼可能藏身之处皆可;借助短棍将鱼钩挑入洞中,动作要缓,怎么方便怎么来——这时,只要洞中有鳗鱼,便会立即咬钩、吞入喉中;慢慢将鱼从洞中拉出,如此一来,它便不可能逃脱:鳗鱼在洞中乃折身而栖,只要一摆尾,便很容易断线,因此,你得足够

耐心,令其因挣扎而力竭,方能慢慢将其拉出,遂得手。

我方才讲了这么久,你倒也耐心。我便讲讲鳗鱼的烹法,权当回馈吧:

先用盐水将鳗鱼身洗净,仅将肛门或肚脐下部的皮剖下,再将内脏取出——尽量弄得干净些,但莫用水洗鱼腹内部;用刀在鱼身上开三四个口,取切得极细

的甜药草、凤尾鱼,少量磨碎或切细的豆蔻粉,再混上好黄油和盐,一并放入鱼肚和开口中。填料完成后,将鱼头以外的皮剥离,再切去鱼头,如此一来,便可用鱼皮包住断颈处,以免体液损耗;用布条或绳将鱼系到烤肉叉上,慢火烘烤;用盐水涂抹鱼身,直至鱼皮爆开,再抹黄油;烘烤充分后,将鱼腹中填料和烘烤时滴出的汁用作酱料。

每每烹调鳗鱼,我总能想起1667年彼得伯勒河中钓上的那条巨鳗:那鳗鱼足有一又四分之三码长,倘若以它为材,必能烹出一道佳肴。若你不信,不妨去威斯敏斯特①的国王街、去那里的咖啡屋看看,那巨鳗的证据就在那里。

不过,这么烹出来的鳗鱼虽然味美,且对人体伤害最小,医生们仍认为鳗鱼肉并不安全;因此,当以所罗门之言为鉴:

食蜂蜜时,适量即可,切莫贪食,以免伤身。

意大利人还曾说过一句话,刻薄得很:

让我们的敌人吃鳗鱼,不给他们酒喝。

你且再听我说:若说鳗鱼肉的食用效果,阿尔德罗万迪和许多医生是很不屑的;不过,若是论药用功效,他们却大加赞赏。此外,鳟鱼和大多数鱼类都有"当季"和"不当季"之说,鳗鱼却没有,或说至少多数没有。

世上有外形和习性与鳗鱼相似的鱼,常出没于海洋和淡水河之中,即兰普鳗、七鳃鳗和兰伯恩鳗;格洛斯特郡②附近有塞文河段,其中的大康吉鳗亦属此类。这些鱼口感甚佳,因而备受推崇;不过,作为一个渔夫,这些倒不值得提,毕竟这些鱼钓起来不甚有趣。犹太律法禁止本族人食鱼,我也效仿一番,将这些鱼"晾"在一旁吧。

徒儿,还有一海鱼,名为比目。这鱼常四下游荡,进入淡水河至深处,遂迷路并定居于此。比目鱼身宽一掌,长约两掌,周身无鳞,肉质极佳。钓比目鱼可有的是乐子。有一蓝色小虫,常能从泥地或草地中掘出,清肠后便是钓比目的好饵。不过,比目鱼虽味美,却无鳞;我对你说过,犹太人是不喜鱼无鳞的。

不过,徒儿啊,兰开夏郡盛产一种鱼,当地人甚为之骄傲——这鱼名为"炭鱼",只在当地名为"韦南德"的那个湖中才有。卡姆顿说,这湖是举国最大的一个,全长十里,有人说河流尽头水面平坦,简直如同铺上了打磨好的大理石。炭鱼最多不过十五六英寸长,周身长满斑点、极似鳟鱼,且全身除背部外无骨。我并不知这鱼钓起来如何,不过它极为罕见,甚受名士推崇。

还有一鱼名"吉尼亚",亦极为罕见;卡姆顿和他人对其多有描述。有一条河名"迪河",源自梅里奥尼斯郡[①],流经切斯特城[②];在流向切斯特城的路上,迪河会流经一大湖,名为"潘宝湖"。有人称,迪河盛产鲑鱼,从无吉尼亚鱼,而潘宝湖盛产吉尼亚鱼,亦从无鲑鱼。接下来,我便给你讲讲鲃鱼。

渔夫:格斯纳称,鲃鱼得此名,乃因鼻下、鳃下有刺,状若篱笆。我先前曾向你介绍过皮嘴鱼,鲃鱼便属皮嘴鱼,一旦上钩便不易逃脱。不过,鲃鱼身强体壮,倘若体格够大,常能将鱼竿和鱼线一并扯断。

鲃鱼体型优美,体格也大,肉质却并不出众,既不滋补,亦不味美;不过,因着鱼卵有毒,雄鱼倒比雌鱼名声好得多。这点容我稍后再叙。

跟绵羊一样,鲃鱼也群居。鲃鱼在四月产卵;因着这缘故,四月时吃着最差;不过,一旦产卵结束,即刻便入时令。鲃鱼能在水势最急处过活;夏日来临时,喜在最浅、最急的溪流中度日：它们常潜伏在水草之下，倚靠河底凸起处，在砂砾上进食，还会像猪鼻子般在沙堆中拱来拱去，给自己找个舒服的窝儿；不过，鲃鱼有时也会退居到水势湍急的河流深处，跻身桥梁、防洪闸和鱼梁之间，在土堆或某个空隙中栖息；鲃鱼牢牢吸附在青苔或水草上，除非水势极为湍急，否则断然无法令其离开。与大多生物一样，鲃鱼常用这一套路，好在夏日艳阳之下自娱自乐。不过，冬季来临时，鲃鱼便会离开急流与浅水，逐渐退居至河中更静更深之处；我想，这个时候鲃鱼就该产卵了。我之前也说过，雌鱼与雄鱼一同在河底砂砾中掘出个洞，借雄鱼之力将精或卵藏于洞中，之后，两者再携手将掘出的砂覆于精、卵之上，以免被其他鱼吞掉。

多瑙河中盛产鲃鱼，数量甚多。朗德勒曾称，一年中有那么几个月，河畔居民可徒手捞鱼，一捧就有十条之多。朗德勒还说，自五月始，鲃鱼便当季，而一旦进入八月，鲃鱼便过季。这一点倒与英国的恰相反。不过，朗德勒有一点是对的：鲃鱼的卵即使无毒，也十分危险，五月里尤为如此——格斯纳和葛休斯都自称曾受鲃鱼卵之害，差点丧命。

鲃鱼体态优美，鱼鳞较小，且排列整齐、图案新颖。我说过，鲃鱼肉谈不上"好"，最多也只能说"不坏"。人们称鲃鱼和白鲢为淡水鱼中口感最差、肉质最糙者，依我看，这都是烹法失当导致。不过，对渔夫来说，鲃鱼健壮且狡猾，钓起来倒很是带劲：鲃鱼一旦上钩，不论水洞或河岸，只要是能藏身的地方，它都会蛮横地一头就撞过去，摇头摆尾地与鱼线缠斗，有时甚至将线挣断。在《勤勉的生物》一书中，普鲁塔克[①]曾称，鲃鱼甚是狡诈，竟懂得避开鱼钩、专门吮咬鱼饵。

鲃鱼口刁，因此鱼饵需处理干净，口感也得新鲜才行：鱼虫得先清肠，清肠用的青苔也不能呈酸臭或发霉状。倘若把沙蚕清好肠做饵，必能令鲃鱼一往无前；若行钓前一两天夜里，将大鱼虫切片撒到河中，效果会更佳。不过，鱼虫片不可撒太多,行钓时间也不宜过早或过晚。鲃鱼也喜食软蛆:这虫不必清得太厉害,体绿的即可。鲃鱼亦喜奶酪:这奶酪不可过硬,得先在湿布里头搁上一两天,稍硬即可;用奶酪做饵时,也可在行钓前一两天先布下固饵,提高成功率;亦可事先将奶酪在蜂蜜中泡上一两个钟头,效果只会更好。有人说,应将奶酪切成薄片烘烤,再用细丝系到鱼钩上;还有人说,将绵羊油和软奶酪打碎混糊,亦得鲃鱼喜爱——这法子在八月里头尤其好使,我可以作证。只要有清了肠的沙蚕、略清肠的软蛆和那几种奶酪,钓鲃鱼也就够了,一年四季皆得心应手;不过,若是有钓客孜孜不倦、锐意进取,我自是乐观其成。好徒儿,这雨下得冗长,终于停了,我的"长篇大论"也该告一段落了。最后再提点你:我方才说过,这鱼力气大,心性又倔,当取结实的长竿与长线方可行钓;不过,一旦上了钩,它就不好脱身了。若想多了解些鲃鱼的钓法,自当师从谢尔顿博士[②]:谢翁可是一把好手,又乐善好施,贫苦乡邻可没少受他恩惠。

好啦,咱俩的鱼竿在水里"躺"得够久了,不妨看看有没有钓上个把鳟鱼。来,徒儿,你打算选哪一条竿呢?

猎人:您说哪条就哪条吧。

渔夫:依我看,你该选那条:单看鱼线就知道,肯定有鱼上钩了。瞧瞧!好样的!把另一根也拉起来吧!今晚你就能跟彼得老兄说啦,今天整整钓上了三尾鳟呢!不妨往回走吧。送一尾给美丽的茅德琳和她那诚实的母亲,让她们做晚餐,咱俩还能顺便讨杯红母牛的奶喝。

猎人:师父,这主意再好不过了;现在正是挤奶的时候,她俩正在那边呢。

渔夫:上帝保佑你啊,女士!多谢二位昨晚的歌;我们师徒二人今儿个收成不错,这尾鳟鱼给你们,烧顿晚饭吃吧。可否给来上杯红母牛的奶?

挤奶女:您二位尽管喝,没问题!二位下回要是再打这边过,就再喝上一杯;

您要是愿意,我就用酸葡萄汁给您做上杯乳酒冻,好让您坐在干草堆上慢慢喝,再让茅德琳给您唱首《切维猎曲》之类的小调助兴。我的茅德琳记性好,会的小调多;除了唱歌,您的恩情我们无以为报。

猎人:多谢了!一个月后我们再来拜访二位,先知会您一声。晚安啦,茅德琳。师父,咱们赶紧回去吧;不过路上再给我讲些钓鱼的知识吧!不妨就从鮈鱼开始。

渔夫:好的,我的好徒儿。

鮈鱼肉质鲜美,极为滋补,因而广受赞誉。它身形优美,通体银白,身体和尾部还缀有黑色斑点,煞是好看。鮈鱼一年中产卵二三次,都在夏季。鮈鱼的营养价值也高。因在水底觅食,德国人也称其为"底鱼";水底流势急,鮈鱼常常于砂砾上饱餐。鲃鱼食性亦如此:多数鱼会捕鱼虫吃,鮈和鲃却从不。对新手而言,鮈鱼可用于练手,取小红虫为饵,在河底附近即可钓上,不费吹灰之力。鮈鱼也属皮嘴鱼,喉内有齿,一旦咬钩便不易跑脱。

夏日炎炎时,鮈鱼常分散于河流浅处;秋天一到,水草开始变酸发腐,天气也愈加寒冷,鮈鱼便共赴水流深处,这时就可以钓它了。倘若用浮漂或软木塞钓,得保证鱼钩触河底。不过,钓鮈鱼跟钓鳟鱼一样,不少人喜欢在地上用手控线,而不用软木塞;倘若鱼竿不沉,下手动作又轻,这法子还是不错的。

还有一种鱼名为"波鱼",亦有人称"梅花鲈",只在某些河流里出没。梅花鲈形似鲈鱼,肉质却更佳,体格也大不过鲈鱼。梅花鲈肉质格外鲜美,可冠为众鱼之首。梅花鲈贪吃,亦方便初学者练手。它们常成群结对栖息在静水流深处;倘若找到梅花鲈藏身之处,即便你手生,亦可一次钓上四五十条,甚至近百条,不费吹灰之力。

要钓梅花鲈,需用小红虫做饵;倘若先撒些固饵下水,就更好了。

还有一鱼名"银鲤",也作淡水鲱。这鱼成天游来游去、片刻不停,恰如夏日夜晚疾飞盘桓、捉飞虫吃的燕子,故得一诨号——"水中燕";活跃在水顶的银鲤亦是如此。"银鲤"得名于奥索尼厄斯①,因其周身泛白:银鲤背部呈暗绿或海绿色,十分赏心悦目,腹部则呈白色,闪耀如高山雪。穷人蒙受上天恩德,生而不为财富所动,倒应将银鲤视作珍宝;就算是没有意大利人的阿拉莫盐,无法将银鲤腌制成美味,也不可轻视它。要钓银鲤,最好用"经文线",也就是说,在线上拴六个或八个小钩,每两个隔上半英尺远——我曾见人用这法子一次钓上五条鱼;至于鱼饵,软蛆就最好。

亦可以假蝇为饵:应取暗棕色者,且体量要小,鱼钩也得好使。炎炎夏日,夜流湍急,泛舟水上或坐于河畔,五六英尺长的榛木顶鱼竿在手,再配以十尺之线,坐等银鲤上钩,真乃世上不二消遣。亨利·沃顿爵士曾说,意大利有不少人用同样的手法去"钓"燕子,尤其是方尾燕;捕鸟人多在楼房尖顶上出手,用的线比我刚说的还要长上一倍。要知道,方尾燕和银鲤的肉可都是鲜美无比哪。

我还听说有人钓起过鹭鸶:在鹭鸶常出没之地,以大米诺鱼或小鮈鱼为饵。鱼线和钓钩必须十分结实,还得拴到某个大物上,这么一来,鹭鸶就飞不走了;且

鱼线不得超过两码长。

渔夫:我本打算将拟鲤、鲦鱼之流一并讲与你听;比起前面所讲之鱼,这些未免次之,不过钓着倒也有趣;你也知道,吃野兔远比不得捉野兔有趣嘛。不过,彼得老兄和克里顿小兄弟已在那边了,我便就此打住,不再多说。但你可以放心,明早你我二人将前往伦敦,路上必定会小钓一番;到那时,我必倾囊相授。

二位,又见面喽! 多巧呀,咱们正好在酒馆门口碰上了。女主人,你在哪儿呢? 晚餐好了吗? 先上杯酒,把菜也赶紧端上来吧,我们可都饿坏了! 来,彼得老兄,克里顿小兄弟,我敬二位一杯! 干了! 今日收成还好? 我们一共只钓了十尾,其中三尾还是我徒弟钓的。瞧,这里是八尾,还有两尾叫我们送人了。我俩这一天边钓边聊,真是快活得不行,回来时又累又饿;现在好肉吃着,好生歇着,真是惬意啊。

彼得:我和克里顿今儿过得也不错;不过,我只钓了五尾;我们二人为避雨去了家酒馆:那酒馆真是不错,我们单是推盘③就玩了半天,下雨时便一直在那里,寸步未出;这份乐趣比起钓鱼来,想必也不逊色。现在,头顶有片瓦,不用在外头淋雨,我也就心满意足啦——你听外头这大风大雨! 女主人,劳烦再来点酒,饭也赶紧上来吧,什么快就上什么! 吃饱喝足后,再请渔夫老兄给我们唱首歌,顺便把你徒儿答应给我们的鱼拿上来,不然,克里顿可"饶"不了你们哪!

渔夫:我自然不会食言,还望不出丑才好。

猎人:鱼已在手,我也自当言出必行,双手奉上。不妨先大快朵颐一番,再小酌一杯,唱曲助兴。不过意思意思就行了,可别喝太多。

克里顿:好啦,诸位已酒足饭饱,您可以开唱了。女主人,劳烦给火堆添点柴。有请吧!

渔夫:好,克里顿,我敬你一杯! 在下就献丑了。

啊,勇敢的猎鱼人
你的日子真是美好
天上地下,简直难找
日日欢愉,没有争吵
受人爱戴,情理皆容
其他娱乐,不过玩物
唯有垂钓,师出有名
垂钓之术,于世无害
仅生欢乐,心满意足

猎鱼之人,清晨早起
此时此刻,朝露未晞
先饮一杯,以净吾眼
昏昏睡意,一并洗去
背上匣囊,去往小溪
心之所向,泰晤士河

兴之所至,长途跋涉
穹庐为家,欢乐无比
溪中湖中,钓鱼一尾
静坐一旁,线缠方休

囊中有软蛆,糨糊与鱼虫
河边日夜守,不惧历风雨
无需乱赌气,莫将鱼儿惊
但看浮漂动,莫出言惊扰

暑气热逼人,柳篱阴下坐
依身傍小溪,亦有纷繁鱼
无需出妄言,捉鱼亦欢喜

绿柳阴下坐,但把时光磨
雨滴奈我何,委身伏地卧
念想并祈祷,呼吸渐不闻
万般皆无用,引人空叹息
时间玩乐事,唯属钓鱼高

猎人:师父,唱得好啊! 今日收获颇丰、心情大好,夜里又有好友相伴,且歌且酌,真真是令我愈加喜爱钓鱼了。二位,今天白天里,师父曾独处一个钟头,我想,他必是到什么地方练歌去了,否则,怎会唱得如此之好? 师父,您说是不是?

渔夫:的确如此。这歌乃我多年前所学,歌词也记不完全,因此,尽管我不善吟诗作对,也得天马行空,自行"填词";想必你们刚刚也有所察觉。我就不多说了,免得你们以为我是故意自贬,好引得你们出言夸赞。好啦,徒儿,你也引吭高歌一曲吧! 你通音律,想象力又丰富,想必歌也唱得不俗。

猎人:好,那我就"不拘一格",自由发挥了。明日我们师徒二人共赴伦敦,一

路上边钓边走,还希望您也能这般"不拘一格",多给徒儿讲授些鱼类习性与钓法之事。不过,师父,我得先说,您离开我的那个钟头里,我依着水边的一棵柳树坐着,脚下是块怡人的草地。这时,我想起您跟我讲过这草地主人的故事:这主人家境殷实,却无心顾及——他身负官司累累,因而脸上不见欢笑,心中又为烦恼所扰,因而并不能体会这草地有什么好的;我虽不是这草地的主人,却感到其乐无穷,因为我可以静坐草地之上,观望水面,看群鱼在银色的溪流中嬉戏,不时扑向那斑斓的飞虫;眺望远山,看森林星罗棋布;俯瞰草地,观男童采百合、女童摘铃草和报春花,编织与这五月光景最合契的花环。这些野花生发阵阵清香,令我想起狄奥多罗斯①口中的西西里田野:那田野里,空气中净是香气,在其中捕猎的狗竟被引得屡屡摔倒，再敏锐的嗅觉也只能失灵。我就这般满心愉悦地坐在草地上，为那拥有这许多草地树林、却仍十分可怜的有钱人叹息；这时，我便满怀感激地想起主曾说过的话，"温柔的人必承受土地"⑳，或说，温柔的人懂得享受那些属于他人、却不为他人所享受的事物。渔夫与心性沉静之人不受宏大而骚动的思想所扰，夜正是这些思想侵蚀了生活中的欢愉；也只有他们，才能像诗中所写的那样：

啊！穷人自有天佑

其人心满意足

故能享欢愉

恰若风中劲草

橡树与雪松

为那强风摧

这低伏微草

却奈不得它何

　　那时，我脑海中又浮现几句赞扬生活清贫、心绪谦卑之人的诗篇，乃菲尼亚斯·弗莱彻㉑所做。弗莱彻先生善布道又善垂钓，还著有《渔歌集》——通读此书，便可窥得其人心。也愿我能心同此人：

不以空想虑，不为政事忧

家中有良田，不必愁生计

心满又意足，无仇亦无恨

渔夫心不盲,日日享欢愉
榉树阴下躺,正午消夏凉
不困于怒海,不困于世事
不误于急惰,可与主同乐

夜晚榻上躺,整夜安入眠
贞妻身边躺,稚子怀中睡
老父已仙逝,遗像壁上挂
寒舍乃天赐,敝屋尚足矣
倘若他日卒,亡身埋草地

先生们,这就是我那刻心中所想。我还改编了一首老歌,添了些新词,专叫我们渔夫来唱。来,师父,您一定能唱得不错——这是谱子,您也来上一段吧。

人生徒劳又无功,生来便为承苦痛
人生苦短转瞬逝,为财为业苦奔波
天气晴好又何如?狂风暴雨亦无畏
摈弃世间一切痛,且歌且钓乐淘淘

彼得:先生,此乃仙乐啊!听君一歌我心悦,竟也记起了六句赞美音乐的诗。且听我细细道来:

音乐啊！真乃神奇

虽无舌，却讲尽道理

若是真爱它，有错也可免去

愚钝者忽略你，有人抨击你

我绝不厌你，只因渔夫爱你

猎人：最后这两句倒让我想起埃德蒙·瓦勒㉒曾赞颂爱与音乐的几句诗篇；他也爱钓鱼呢：

克洛里斯㉓！

每听尔之声

便感心之枯萎

魂飞乎魄散

尔之魔音

伤人而不留痕

但请抑之

安息吧，克洛里斯！

尔若不息

唯唱而赴死

你我双双赴天堂

若论天国诸神

只知其亦歌唱

且仁爱

渔夫:彼得老兄,记性不错嘛! 这诗唱得真应景,还得多谢你。来吧,让我们一起再吟唱一遍我徒儿的新歌,女店主也一起来吧。然后,我们就一口气干了这杯,去睡觉吧。感谢上帝,我们还能身处屋顶之下,无需淋雨。

渔夫:好啦,诸位晚安。

彼得:诸位晚安。

渔夫:诸位晚安。

克里顿:诸位晚安,多谢各位。

注释:

① 乌利塞·阿尔德罗万迪(1522—1605):文艺复兴时期的一位意大利博物学家,曾在博洛尼亚建立植物园一座。其代表作为十三卷的《自然志》。

② 圣安德烈十字指苏格兰国旗,为蓝底白交叉,而白交叉象征着苏格兰的守护者圣安德烈殉道时所用十字架。

③ 维纳斯是古希腊神话中掌管爱与美的女神,司管世间一切爱情。此处称"无需借维纳斯之手",应指生命可从无生命之物中生出,也就无需生物间交配便可完成。

④ 莱昂纳德丝·莱修斯(1554—1623):比利时佛兰德地区的著名耶稣会神学家。

⑤ 鸻(héng)是一种体型较小的鸟,嘴呈短直状,有前趾而无后趾。多居于海滨。

⑥ 拉普兰德是位于芬兰和挪威北部的一个地区,有四分之三在北极圈内,冬季长达八个月,还能见到极昼和极夜现象。拉普兰德是圣诞老人的故乡,因而举世闻名。

⑦ 赫伯特指乔治·赫伯特(1593—1633):威尔士诗人、牧师兼玄学家,曾于剑桥大学和议会担任高等职务。代表作为诗作《衣领》。

⑧ 《公祷书》是圣公会所使用的祈祷用书,由英国教会的克蓝玛大主教于1549年出版。本书旨在给全英所有教会使用,全国教会都需遵守。

⑨ 提屠鲁和梅利伯是维吉尔的作品《牧歌》当中的两个虚构人物,身份皆为牧人。

⑩ 博特勒指威廉·博特勒,是活跃于十七世纪四五十年代的一位英国议会成员。

⑪ 古斯曼乃一部西班牙小说中的主人公,其人为盗贼。

⑫ "绑上"和"解开"对应的是英文中的"do"与"undo"两词。通常来讲,字母"un"是一个表示相反意义的前缀,一个单词加上这一前缀后,意义多会与之前相反。至于前文的"不脱"和"不穿",其实对应的是"rip"和"unrip"两词,这两个词是一组特例,虽然有"un"前缀,但两词意义相同,都指脱掉衣服;此处翻译为"不脱"和"不穿",只是为了读者阅读方便。这群乞丐的争论也正是基于这组特例词而展开的。

⑬ 缪斯是希腊神话中负责掌管艺术与科学的女神。一般认为缪斯女神有九位,分别为卡利俄佩、克利俄、欧忒耳佩、忒耳普西科瑞、厄剌托、墨尔波墨涅、塔利亚、波吕许谟尼亚和乌剌尼亚。

⑭ 本·琼森(1572—1637):英国剧作家、诗人及评论家。代表作为讽刺剧《福尔蓬奈》。

⑮ 沃尔瑟姆克罗斯是位于英国赫特福德郡最东南边的一个小镇。

⑯ 维奥尔是一种形似小提琴的弦鸣乐器。十六到十八世纪时曾流行于欧洲大陆。

⑰ 埃尔是长度单位,一埃尔约等于45英寸。

⑱ 加斯帕·普赛尔(1525—1602):德国改革家、内科医生兼索布语学者。

⑲ 汉普郡是英格兰东南部的一个郡,其首府在温彻斯特。

⑳ 弗隆是长度单位,一弗隆相当于201米。

㉑ 指乔治·黑客威尔(1578／1579—1649)：英国牧师、作家。
㉒ 德鲁苏斯全名为尼禄·克劳狄乌斯·德鲁苏斯·日尔曼尼库斯(37—68)：古罗马帝国的皇帝，曾在位十四年。德鲁苏斯乃朱里亚·克劳狄王朝的最后一任皇帝，以残酷暴戾而闻名，世称"嗜血的尼禄"。
㉓ 马提亚尔(40—103／104)：罗马帝国时代诗人，其代表作为短诗集《隽语》，作品以讽刺性口吻描述了罗马社会的现实。
㉔ 莱姆斯特为赫里福德郡的第一大镇。
㉕ 卢瓦尔河是流经法国中部地区的一条河流，支流众多。
㉖ 圣安波罗修(340—397)：四世纪时基督教最著名的拉丁教父之一，生于德国。
㉗ 多夫河是英国峰区西南部的主要河流，位于英格兰中部，约长72公里。
㉘ 索尔兹伯里是英格兰南部威尔特郡的一座小城，著名的事前巨石柱即此地。
㉙《不列颠志》是英国历史学家威廉·卡姆登的著作，是第一部综合性的英格兰地志。该书1586年以拉丁文出版，后在1610年译成英文。
㉚ 彭布罗克郡是位于英国威尔士西南部的一个郡。
㉛ 迈克尔·德雷顿(1563—1631)：伊丽莎白一世时代著名的英国诗人，后文提到的《多福之国》为其所作的长诗，描写了英格兰和威尔士的地质。
㉜ 蒙茅斯郡是位于英国威尔士东南部的一座城镇。
㉝ 怀河是英国第五长河，长约二百一十五千米。
㉞ 奥利弗·亨利(1865—1965)：英国皇家海军军官。
㉟ 阿魏是一种治胃病的中药，味道极冲。
㊱ 腓特烈二世(1712—1786)：普鲁士国王，军事家，政治家，作家，作曲家。是欧洲"开明专制"君主的代表人物。在其统治期间(1740—1786)，普鲁士国力得以迅速提升，跻身欧洲列强。
㊲ 沃尔姆斯是德国西部的一座城市，位于莱茵河左岸。
㊳ 基林沃思是英国纽卡斯尔北部的一座小镇。
㊴ 考文垂是英国西米德兰郡的一座城市，历史上以纺织业闻名。
㊵ 简·杜布拉维亚(1486—1553)：牧师，人道主义者兼作家。曾担任摩拉维亚奥洛穆茨地区的主教。
㊶ 达尔马提亚为克罗地亚的一个地区，达尔马提亚人为该地区居民。
㊷ 卡尔达诺(1501—1576)：意大利著名数学家。

㊸ 特拉西美诺湖是位于意大利中部城市佩鲁贾的一个湖。

㊹ 理查德·贝克(1530—1594):英国政治家。其父为约翰·贝克爵士,曾任英国财政大臣。

㊺ 保罗·约维斯(1483—1552):意大利内科医生、历史学家、传记作家和主教。

㊻ 伍斯特郡是位于英国英格兰西米德兰兹区域的郡。

㊼ 帕拉丁原属神圣罗马帝国,现在德国巴伐利亚州境内。

㊽ 品脱是英国、美国和爱尔兰使用的一种容量单位,约为半升。

㊾ 夸脱是英国、美国和爱尔兰使用的一种容量单位,约为1.1升。

㊿ 配克是一种重量单位,英美的计算方法略有不同。英制单位中,一配克约等于9升。

(51) 此处“栓饵”指预先撒入水中招鱼的麦芽。

(52) 多塞特郡是位于英格兰南部的一个郡。

(53) 古依劳莫·朗德勒(1507—1566):法国蒙彼利埃大学的医学教授,被称为“鱼类学之父”。著有《鱼类全史》一书。

(54) 莱茵河是西欧的第一大河,发源于阿尔卑斯山,流经西欧众多国家。

(55) 波河是意大利最大的一条河流。

(56) 约翰·邓恩(1572—1631):英国著名的玄学派诗人。代表作为《歌与十四行诗》。

(57) 海伦是希腊神话中的人物,其父为众神之王宙斯,其母为勒达,号称人间最漂亮的女人。

(58) 朱庇特乃宙斯的罗马形态。

(59) 塞文河是英国境内最长的河流,全长约354公里。

(60) 斯塔福德郡是一个位于英格兰西部的郡。斯塔福德大学位于该郡。

(61) 比德(673—735):英国历史上著名的学者兼历史学家。著有《英吉利教会史》一书。

(62) 马提亚·德·洛贝尔(1538—1616):法国医生兼植物学家。

(63) 约翰·格哈德(1582—1637):德国路德教派神学家。

(64) 马库斯·利息里·克拉苏(公元前115—公元前53):古罗马的政治家、军事家,曾带领军队镇压斯巴达克奴隶起义。

(65) 霍登西乌斯(公元前114—公元前50):古罗马演说家。

(66) 兰开夏郡是英格兰西北部的一个郡,在西边与爱尔兰海相邻,历史上是英国工业革命的发源地。

(67) 威斯敏斯特是大伦敦地区的一个自治市。

(68) 格洛斯特郡是位于英国英格兰西南部的一个郡,地处塞文河口的东北方。

(69) 梅里奥尼斯郡是原来是威尔士西北部的一个郡,后来划归格温内思郡。

(70) 切斯特城市是英格兰柴郡的首府,位于英格兰西北部与威尔士交接处。

(71) 普鲁塔克(46—120):罗马传记文学家、散文家。

(72) 吉尔伯特·谢尔顿(1598—1677):曾任坎特伯雷大主教。

㊂ 奥索尼厄斯(310—395):古罗马诗人兼修辞学教师。代表作为纪游诗《莫萨拉河》。
㊃ 推盘是一种游戏,参与者在板面上滑动硬币,以接近标记之处。
㊄ 狄奥多罗斯:公元前一世纪的古希腊历史学家。
㊅ 此句为《马太福音》中的一句话。
㊆ 菲尼亚斯·弗莱彻(1582—1650):英国诗人。
㊇ 埃德蒙·瓦勒(1606—1687):英国诗人兼政治家。
㊈ 克洛里斯是古希腊神话中代表春天、花朵和自然的女神。

第五日 5
Fifth day

渔夫：早上好啊，彼得老兄，克里顿小兄弟。

来，女店主说一共要付七个先令；我们每人喝上一壶晨酒，再留下两个大子儿吧，可别辜负人家一番好生招待。

彼得：这个提议好，人人都同意。来，女店主，这是给您的钱；我们渔夫都爱戴您，不久我还要来此地叨扰。渔夫老兄，祝你和你徒弟今日愉快、有个好收成。来吧，克里顿，咱们该上路了。

猎人：好师父，趁着我们赶往伦敦的路上，再给我讲点什么吧！我脑中就像有几个"盒子",但凡你教我的东西,我必定好好封存其中,片刻不忘。

渔夫:好吧,徒儿。但凡我记得的,我必定无所保留,助你钓术精进。这一路还需走很久,拟鲤和鲦鱼的事情,我不过开了个头,今天就续上吧。

有人说,拟鲤的名字源于拉丁词"rutilus",意为"红色鱼鳍"。拟鲤没有什么吃头,周身最好的部分也就是鱼卵了。须得注意:鲤鱼被称作"水中狐",因其狡猾;拟鲤则被称为"水中羊",只因头脑简单,或说愚蠢。据说,拟鲤和鲦鱼产卵后,仅需两周便可恢复体力,入得时令;鲃鱼和白鲑则需一个月;鳟鱼需四个月;鲑鱼倘若先入海、再入淡水,则也需约四个月。

拟鲤能在池塘中长得更大,却在河中长得更好。不过,有一小型"杂种"拟鲤,只在池塘中生,尾部呈叉状,体型甚小;有些人说,这杂种是由鲷鱼和拟鲤杂交而生;这杂种在有些池塘中生得极多,简直令人难以置信;有的明眼人能辨别出这杂种,称其为"鲁德"。"鲁德"与真正的拟鲤有所不同,其区别恰如鲱鱼和沙丁鱼。如今,"鲁德"混迹于多条河流之中,不过,我认为泰晤士河中尚且没有。举国上下,泰晤士河中产的拟鲤最大,肉也最肥美,伦敦大桥下的河段尤为如此。拟鲤属皮嘴鱼,喉中长有锯状齿,对渔夫来说,可是不可多得的好猎物;伦敦附近的大个拟鲤尤为出色,因此当地的拟鲤钓手技艺也最高超。最棒的鳟鱼钓手则在德比郡,因为那里水质最好,近乎透明。

要钓拟鲤,不同时节应取不同饵料:冬天当用糨糊或软蛆;四月当用鱼虫或石蛾;天气炎热时,当用小白蜗牛,或是将蝇放到水底——拟鲤与鲦鱼不同,极少在水面上捕食。天气炎热时,亦可如此钓拟鲤:取蜉蝣或蚁蝇,用铅皮将其沉到水底,接近桥桩或鱼梁桩处——实际上,任何拟鲤可能藏身的地方皆可;待鱼饵沉到水底后,将它轻轻拉起,这么一来,通常会有一只拟鲤跟着饵浮到水面上,牢牢地盯着这饵,再一个猛子扑过去吞下,生怕它飞走。

我在温莎和亨利桥①上见人这么干过,真能钓上不少拟鲤,有时还能钓上条鲦鱼或白鲑。倘若是在八月时节钓这几样鱼,仅取精细的白面包屑制成糨糊即可;需用双手搓揉糨糊,令它达到又软又韧的"境界"——加入少许水,洗净双手,劳作一番,绝佳的糨糊就这样制成了。糨糊下水时,应取一小鱼钩,且眼疾手快,否则只能鱼、饵两失;不过,本就是没钓上来的东西,也就无从说"失去"了。我说过,这糨糊既可钓拟鲤,亦可钓鲦鱼——这两种鱼相差无几,食性与身形相似,就连狡诈都别无二致;因此,只要掌握了方法,便能"以不变应万变":拟鲤和鲦鱼什么蝇都吃,尤其爱吃蚊蝇。你要好好记住这一点。

六月时,黑蚊蝇可从鼠丘或蚁丘中寻得;也可等到晚些时候,七、八月和九月大半亦可。蚊蝇当活取,留其双翅周全;寻一个容量为一夸特或半加仑的玻璃瓶,取蚊蝇居住地的潮湿土壤,一捧或有余皆可,再取等量丘上草根,一并放入瓶中。将蚊蝇放入瓶中,动作要轻,保翅周全,取一土块覆于蚊蝇身上,再叠放蚊蝇若干。只要蚊蝇身上无伤,就能在瓶中存活一月有余,随取随用。不过,倘若希望蚊蝇能活得更久些,就找个大土罐,若是有个能装三四加仑的大桶,就更好了。用水与蜂蜜洗刷大桶,放入大量土壤和草根,再将蚊蝇放入其中,用土壤覆盖其上;这么一来,蚊蝇就能活一季。小溪与清水之中,用蚊蝇钓拟鲤、鲦鱼和白鲑,可谓无往不利。有条规矩要记住:鱼饵距水底不可近于一掌宽。

再教你一种冬天钓拟鲤、鲦鱼和白鲑的佳饵。万圣节前后,霜降来临,农人忙于开垦荒地、沙地或绿野;这时,犁后的土壤中会有一白虫,约两只蛆那么大,头呈红色。虫多的地方,乌鸦盯得也紧,紧紧跟在锄头后头,片刻不放松,因此,通过乌鸦亦可知何处虫多。这虫通体柔软,内脏呈白色,在诺福克②和某些郡中,人们称它作"蛴螬";蛴螬生自一种甲壳虫的卵:甲壳虫在牛粪、马粪下的地面掘出一个洞,埋卵于其中;冬季一过,等到来年三四月,自有甲壳虫从卵中出,先为红色、后为黑色。取一两千只蛴螬,再在其窝附近取一二配克土壤,一并放入桶中,用土壤覆盖其身,保持温度,这样一来,蛴螬便不会死于风霜。此法可保蛴螬活过一冬,随取随用;行钓前一日,将少许土壤与蜂蜜混合,再将蛴螬放于其中,这般制就的鱼饵不仅可捉鲷鱼和鲤鱼,亦可捉任意一种鱼。

这一方法也可用来存软蛆过冬;软蛆做饵本就极好,倘若活蹦乱跳、身强体壮,则更是如此。喂养软蛆亦有妙招:取兽肝一片,用交叉棍悬于一角,肝下再放半罐或半桶干土;软蛆长大后便会落入桶中,自行清肠,随取随用。这方法一般在米迦勒节过后才用。不过,倘若希望一年到头都有软蛆可用,不妨找只死猫或死鸢,将其悬在空中飘着;猫或鸢体内开始生蛆时,就埋到湿润的松土中,不过得尽量避着寒霜;这么一来,不管什么时候要用,随时从土中掘出些软蛆即可,且这些软蛆能用到来年三月,之后,它们就该化蝇了。

还有个"和稀泥"的法子,熟手一般不用,新手若不嫌弃脏了手,倒可以一试:取上好麦芽一捧,加水一碟,用双手搓洗至干净,力争将谷壳都搓掉。倒掉麦芽中旧水,混入清水少量,一并倒入适宜的炊具中,加热至麦芽变软;记住,不可用大火,只可用小火慢炖。用食指和拇指碾压麦芽,试探软度。麦芽熬至足够软时,将炊具中的水倒掉,取一把锋利的刀,再将麦粒的芽端朝上放,抵着刀尖,将谷壳后部去掉、谷肉留下,以免弄脏谷粒;将芽端的一小部分切下,露出谷白;再将另一端切下小部分,以便套钩;倘若鱼钩够小,这饵便不错,冬夏皆宜。使用时,亦可在浮漂旁扔一点,权当固饵用。

用血泡过的黄蜂或蜜蜂幼虫头,亦可用于钓拟鲤和鲦鱼。若要钓鲷鱼,则可将幼虫放入刚烤过面包的烤箱中,将其壳烤硬;这一步亦可在火铲上完成。还可取绵羊的浓稠血液,于大木盘中加热至半干,凝固后片成与鱼钩大小相宜的尺寸;亦可在羊血中加入少许盐,如此一来,羊血非但不会变黑,品质反而更佳。倘若制法无误,切片羊血就是上好的饵料。

有人告诉过我几种味道浓烈的油,据说极易诱鱼上钩,我也讲给你听听吧。我记得乔治·黑斯廷爵士曾托我捎一小瓶油给亨利·沃顿爵士,当作赠礼。这两位爵士都是化学家。沃顿爵士对这瓶油寄予厚望,谁知我向他打听时,他却说效果比预想的差远了。正因此事加之其他事的影响,尽管不少人将这"神油"的功效口口相传,我也不大信了。我确实相信鱼类有嗅觉和听觉,之前也曾有所表述;不过,这"神油"必有个不寻常的原理,就算不像魔法石③那样难以理解,以凡人之天资,恐怕还是捉摸不透,也只有像玫瑰十字会员④之类的化学家方能心领神会;当然了,他们亦不会道与寻常人听。不过,好些个渔夫也总结出一条经验:将樟脑、青苔和鱼虫一同放入钓包中,鱼虫下水后,群鱼便趋之若鹜,渔夫当日也定有好收成。刚刚与你讲"神油"与鱼的嗅觉,倒不是我有意为之;关于这"神油"、拟鲤和鲦鱼之类的饵,可以讲的还有不少,不过眼下暂不讲了,先讲如何备渔具吧。为不使你厌烦,我便吟唱一首古钓书中的老调;我唱得不全,不过也足够你用了:

  我的鱼竿和鱼线

  我的浮漂和铅皮

  我的鱼钩和坠子

  我的磨石和刀子

  我的篮,我的饵

  死的活的都挺全

  我的网,我的肉

  大肉是我心头好⑤

先找针,再找毛

绿色羽毛微微细

小小钓包物品全

不过,要做个称职的渔夫,不光歌里唱的这些得备齐,还得一样备上两件。我便陪你去找趟马格瑞夫先生吧;他与圣保罗大教堂附近的书贩住在一起。要不,去找约翰·斯达也成,他住在戈尔丁巷的斯旺地区附近。这两位都是实诚人,且有的是渔具,要什么有什么。

猎人:好师父,这家就成,他住的离我近。我们不妨定在五月九日相见,两点钟在这家碰头。这么一来,我就"万事俱备,只欠东风"啦!

渔夫:好,时候一到,我必定前往该处赴约。

猎人:谢谢您了,好师父,我也决不食言。眼看就要到托定林了,您就再给我讲讲鱼饵吧。我也不让您白讲,等到了地方,我给您背几首诗,让您解解乏。这一路上,我们听到的诗都是一等一的好,这几首也绝不比它们差。

渔夫:好吧,徒儿,为师就等着你一展英姿了。我们边走边说吧,想到哪就说到哪,捡有用的讲。还有一制饵的妙法:取一两把最好、最大的麦子,与少量牛奶同煮,像煮牛奶麦粥一样把麦子煮软;用牛奶溶解少量藏红花末,再加入蜂蜜,将煮完的麦子慢火翻炒。如此制成的饵可谓上上之选,钓任何鱼都手到擒来,钓拟鲤、鲦鱼、白鲑和茴鱼时,效果尤佳。也可把它当固饵先撒在河里,再钓鲤鱼。

还有一点需注意:大多数鱼卵都作鱼饵用,效果也极好。先将鱼卵放在热瓷片上晾晒至变硬,再切成适宜大小。灌木上长的桑葚和黑莓也可用来钓白鲑和鲤鱼;有的河边或塘边就长着灌木,果子成熟后常常落入水中,这时便常能钓上不少。此外,还有上百种饵,不胜枚举;只要常用它们做固饵,就都能有不错的收成。

还得注意,我国石蛾种类繁多,常分布在某几郡与海相通的小溪当中;其一名"笛师",以芦苇为壳,长一英寸有余,约与一枚两便士硬币等大。将"笛师"在羊毛质地的包中存放三四天,包底铺一层沙,每日洒水少许,三四天后,虫身即变黄,可用来钓白鲑;因"笛师"身形不小,也可用来钓任一大型鱼。

还有一石蛾,比"笛师"略小,名"鸡距®"——这虫状似鸡距,一端较尖,因此得名。"鸡距"的壳由谷壳、砂砾和黏液构成,构造十分精巧,令人惊叹不已,只可谓是自然天成,断非人工之力所能及。能与这壳媲美的,也只有翠鸟那用小鱼骨筑起的巢了——翠鸟巢之构造巧夺天工,能工巧匠也自愧弗如。用"鸡距"钓浮鱼,效果极好;"鸡距"比"笛师"身形小,但喂养的方式与"笛师"无异,可存活十天、半月,乃至二十天,甚至更长。

还有一种石蛾,人称"稻草虫",也称"翎颔衣",外壳主要由小片的四季青、灯心草、稻草和水草构成,另有些原料我也不清楚;黏液浇灌其中,令片片草叶如刺猬的尖刺一般向外突出。这三类石蛾均可于夏初捕获,用来钓浮鱼或是其他鱼都很好。此外,这些石蛾到夏末会化为飞虫。我怕说得太多,不知所云,你亦会心感厌倦,也就暂且不提了吧。不过得提醒你一点:关于石蛾种类、每种会化为什么样的飞蛾,以及如何用石蛾和飞蛾钓鱼,这种种知识,渔夫是不会花心思去了解的;即便有人有这份心,恐怕也没这个力。

徒儿,不同国家的狗品种尚有差异,不同国家的石蛾亦有所不同。石蛾间区别之大,可以杂种狗与灵缇之间差异作比。石蛾多生长于小溪或沟渠之中,随溪水奔流入大河,河中鱼最爱吃。我虽不知这石蛾从何而生、又会化为何种颜色的飞蛾,却知用它们捉鳟鱼有奇效。有一法可用:

视需要取一或多只黄色大石蛾;去其头,顺道将黑色的脏器一并拉出;将石蛾上钩,尽量不留伤痕,再安红毛一根,仿作石蛾头;取一轻铅皮置于钩柄之上,令鱼钩立时沉入水底。这么制备好的鱼饵通体黄色,十分显眼。鱼钩进入鳟鱼藏身的大水洞后,只要别让鳟鱼看见人影,且鱼饵先于鱼线下水,鳟鱼就会如亡命之徒般飞扑而来。这一方法最宜用于静水流深处。

  我喜爱在小溪旁安静地散步,同时携一根小棍,方便随时捞些石蛾,还能近距离"探秘"石蛾身体结构。如果你也感兴趣,就记住我几点建议:小棍应取材榛木或柳木,还需在一端开个劈口;只要小棍进入水中,石蛾便会大量涌入这劈口之中,不费吹灰之力。好徒儿,我刚刚能想到的都讲给你了,希望能对你有所帮助。不过,说到实践,还得是勤奋、观察、练习与雄心方能助你成事。徒儿,我曾听人这么说过,"我既不羡慕那些吃穿用度比我好的人,也不羡慕那些富贵人家;唯一引我嫉妒的,便是钓的鱼比我多的人。"这样的人才是真正的渔夫,也望你和初入钓门者效仿这鸿鹄之志。

渔夫：还有三四类小鱼,我差点忘了。这几种小鱼都无鳞,比起价高体壮者,口感也并不逊色。夏季时节,小鱼腹中常常有卵;老鼠和许多陆生四足小动物繁殖较频繁,发育周期短、成熟得也快,小鱼亦是如此。不过这也难免,毕竟除却天灾外,小鱼常为其他鱼类所捕食,也是逼不得已。我就先讲米诺鱼吧。

产卵结束后,在那极短的一段时间里,米诺鱼恰好当季;倘若这时它无病,身侧便会呈现斑点或波浪状图案,状似猎豹,贴近绿色或天蓝色;肚腹处则呈奶白;后背几乎全黑。米诺鱼吞鱼虫时极为敏捷,天气炎热时,可供新渔夫或喜爱钓鱼的妇女、小儿练手。春日里,人们常以米诺鱼为材做菜品一道,名"艾菊鱼"：用盐将鱼身理净,切去头、尾,将内脏剔除干净,但体内切勿清洗,这就齐活了;用蛋黄、樱草、报春花和少许艾菊一同翻炒,一盘佳肴便可端上桌了。

我说过,泥鳅也味美：泥鳅生于清澈的急流中,居于砂砾之上,喜在最急的水中游弋。它长不过一指,身形也匀称。泥鳅形如鳗鱼,又像鲃鱼那样,嘴部生须;身侧有两鳍,腹部有四鳍,尾部有一鳍。泥鳅周身布满黑色和褐色的斑点,鼻下长有像鲃鱼一样的嘴。泥鳅腹中常有卵,既可疗养病人,又可飨口腹之欲,因而幸得格斯纳和其他饱学之士盛赞。要钓泥鳅,需得将小鱼虫放到水底——泥鳅在砂砾处过活,因而极少会向上游。

"磨坊主的拇指",或说"牛头"鱼,长得着实不怎么好看。根据其外观和体型,格斯纳曾将其比作"海中蟾蜍"。牛头鱼头大且平,与身体不成比例;嘴部宽大,常呈张开状;口中无牙,但唇部却像把锉刀,显得十分粗糙。牛头鱼鳃旁有两鳍,有的呈圆形,有的有毛;腹下有两鳍;背上有两鳍;肛下有一鳍,尾鳍呈圆形。牛头鱼周身长满白、黑、棕色的斑点,雌鱼整个夏季腹中都有子,鼓鼓囊囊的,肛门突出,状似乳头。雌鱼在四月开始产卵;我告诉过你,这卵一产就是几个月。

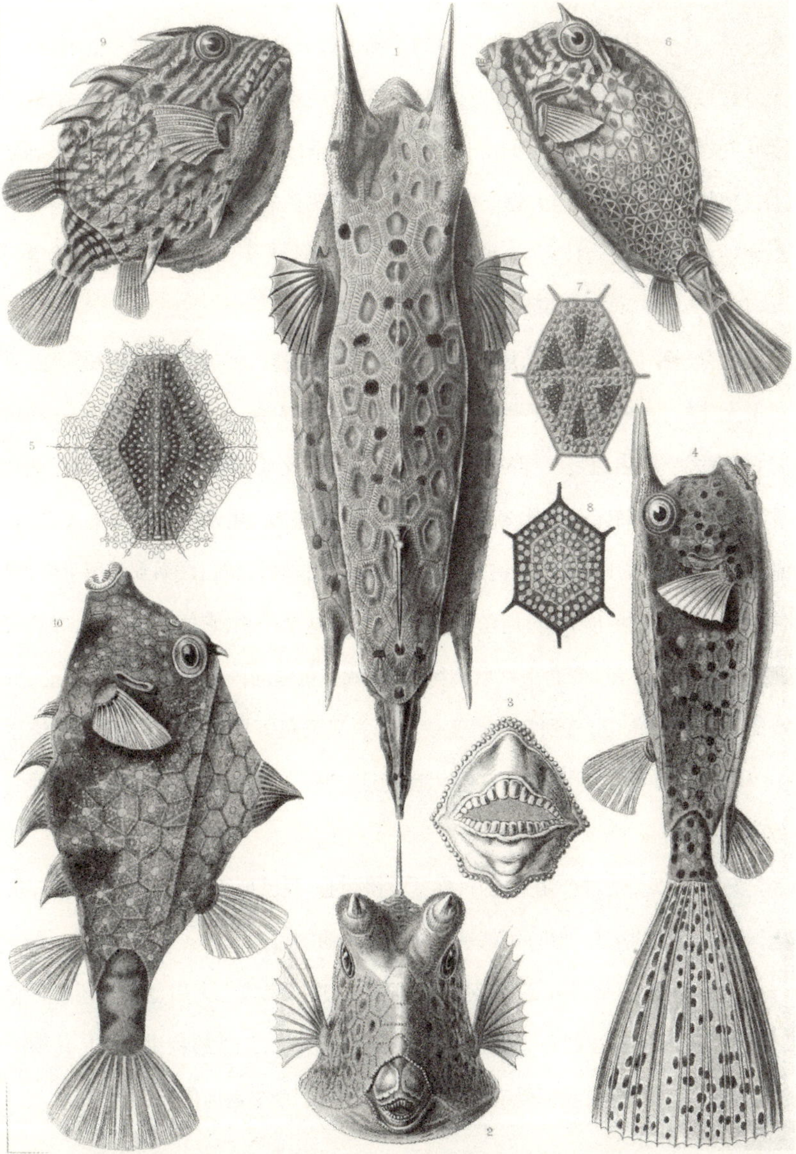
9
1
6
7
5
4
8
10
3
2

等到冬天,米诺鱼、泥鳅和牛头鱼要么跟鳗鱼似的,在泥浆里栖身,要么就像布谷鸟、燕子和其他半年鸟那样,躲到不知道什么地方去度过这寒冷、阴郁的六个月,待到来年四月再现身。牛头鱼常在清澈的水流中栖身,或藏于水洞,或藏于石间;倘若天气炎热,它们便长卧不动,享受阳光的洗礼,现身平石或砂砾之上;这时,便可趁机往钩上套个小虫,"喂"到牛头鱼的嘴边去——牛头鱼是断然不会拒绝的,即便钓技再差,也绝不会空手而归。牛头鱼的外表虽无可称道之处,其口感和滋补之效却甚为马蒂奥利①所推崇。

还有一小鱼名"刺鱼",周身无鳞,却长有几根刺。刺鱼冬日里不知所踪,夏日里无非妇女小儿钓之,权当消遣;有的鱼以刺鱼为食,尤以鳟鱼为首——鳟鱼吃它,就跟吃米诺鱼是一样的。用刺鱼做饵时,倘若套钩套得巧,它的尾巴就会像风车的帆那样转起来,比米诺鱼转得还快。要知道,用米诺鱼做饵的关键,就是一个"转"字;为此,必须令钩从鱼头入、鱼尾出;然后,将白线系到鱼尾上部,套钩时要保证下水后能转,再用鱼线将鱼嘴缝死;这么一来,它便转得飞快,"勾"着鳟鱼上前来。不过,倘若下水后转得不快,就将鱼尾向内侧或钩侧稍稍摆动,抑或略歪或略正鱼位,直到它转得又快又好。只要鱼饵摆对了,一旦下到急流之中,什么大鳟鱼都能手到擒来。泥鳅也能这么用:只要泥鳅不太大,就没有什么鱼不肯上钩。

好啦,徒儿,仗着今儿个天好,你又听得耐心,我已把所有能记起的事情都教给你了。我讲的这几种鱼,可都是淡水中最常钓的鱼。

猎人:可是师父,你之前曾经许诺,要给徒儿讲我国之大川、鱼塘,还有鱼塘之制法。您一向言出必行,这次可别食言啊!好师父,您就给我讲讲吧!凡举河流、群鱼与垂钓之事,我都爱听,每每入神,竟不知"今夕是何年"。

好吧，徒儿，风光大好，风景宜人，离托定林的路也还长，就不妨如你所愿吧。先说说我国的诸多河流：在《地理志》一书中，海林博士®称全国共有三百二十五条河流；不过，主要的无非那几条：

众河之首当属泰晤伊西斯河，由泰晤士河和伊西斯河构成：前者发源于白金汉郡®的泰晤地区，后者发源于格鲁斯特郡的赛伦塞斯特地区；两河于牛津郡的多尔切斯特地区相逢，交汇成泰晤伊西斯河，或称泰晤士河。泰晤伊西斯流经伯克郡、白金汉郡、米德尔塞克斯郡、萨里郡、肯特郡和埃塞克斯郡，又于入海口汇入肯特郡的梅德韦河。泰晤伊西斯河波澜壮阔，是欧洲最能亲历海洋暴虐与温顺的河。它每日涨、退潮两次，奔流逾六十英里，河畔林立着美丽的小镇与堂皇的宫殿。一位德国诗人曾如是描述：

河畔绿野，郁郁葱葱

皇家园林，富丽堂皇

乡间野地，甜美芳香

朝堂宫殿，金碧辉煌

磅礴高塔，器宇不凡

珍奇花园，修剪得当

英国泰晤士，皇家台伯河®

两者相媲美，谁者更壮阔？

第二出名的当属塞文河，塞文河发源于蒙哥马利郡的普利尼利蒙山，河水止流处据布里斯托仅七英里远。中途流经什鲁斯伯里、伍斯特郡和格洛斯特郡，还有众多声名远扬的景点与宫殿。

排名第三的乃特伦特河。这一名字可能源于河中的三十种鱼,或是河中共纳入三十条支流[11]。特伦特河发源自斯塔福德郡,流经诺丁汉郡、林肯郡、莱斯特郡和约克郡,汇入了亨伯河[12]全英驰名的滚滚波涛。实际上,亨伯河并无源头,更确切地说,它只是多条河流相互交汇的河口——你家乡的德文特河,尤其是乌斯河和特伦特河,都交汇此处。多瑙河将德拉瓦、萨瓦和帝比斯古斯河纳入自身水域,名字改为"伊斯特河"。亨伯河亦是如此:它吸纳、交汇了上述河流后,便由古地理学家改名作"亨伯"。

排名第四的是梅德韦河,发源于肯特郡。皇家海军驻扎于此。

排名第五的是特威德河,位于英格兰东北边境。坚不可摧的贝里克郡[13]就位于此河北岸。

排名第六的是泰恩河,因河畔的纽卡斯尔和取之不竭的煤炭资源而闻名。全英主要的河流,不管我提没提到,都在德雷顿先生的十四行诗中有所记载:

泰晤士河,加冕的后

载着船只与天鹅

庄严的塞文河服侍在侧

特伦特河水流多澄澈

浅滩与鱼闻名全国

埃文河享誉盛名

其名之盛

若阿尔比恩[14]的峭壁

迪河蜿蜒切斯特城侧

约克郡的乌斯河奇观多

皮克区[15]之多夫

河畔万物繁茂

肯特郡的梅德韦河

又胜出几分

科兹沃尔德[16]

将伊西斯献与泰晤士

北有特威德河

白浪滔滔

西有威利河

声名显赫

发自丹麦的利河

源远且流长

  上述皆出自博学的海林博士和我那早已仙逝的好友,迈克尔·德雷顿;你说愿意听关于河流、鱼类和钓鱼的事情,我也就愈加欣赏你、愈加愿意教授你这些。不过,徒儿啊,若是将这些河流中各种珍奇鱼类一一道来,恐怕你会大吃一惊乃至心生疑惑。我还是讲讲沃顿博士最新的发现吧;他博学多才、经验丰富,乐于分享自己的见闻,既与我为善,也爱钓鱼。我给你讲过不少绝妙的故事,都是起先从他那里听来的。他是个厚道人,从不打诳语。沃顿博士最近解剖了一条怪鱼,他原话是这么讲的:

这鱼宽约一码，长两码，嘴部巨大，可装下一个人的头；腹部约七八英寸宽。这鱼行动缓慢，常潜伏于泥浆之中，头部有一可移动的线状物，长约四分之一码——此乃天生的"鱼饵"，这鱼隐匿在泥浆中、不见其身时，可借此吸引小鱼靠近，进而将小鱼吞吃入腹，消化殆尽。

徒儿，可别把这当作什么"怪谈"：沃顿博士从不妄言，且入海口和海滩上就常有怪鱼出没。若你去过埃及，便更不会以之为奇：尼罗河本就盛产不知名的鱼，且河水每日涨落，在河岸留下不少黏液，这些黏液经阳光照射，亦能生出不少怪鱼、怪兽，无人能知其名。格老秀斯⑩以及其他人的著作中，都曾对此有所描述。

未免扯得太远，我还是就此打住吧。最后告诉你一点：在我国的某些河口

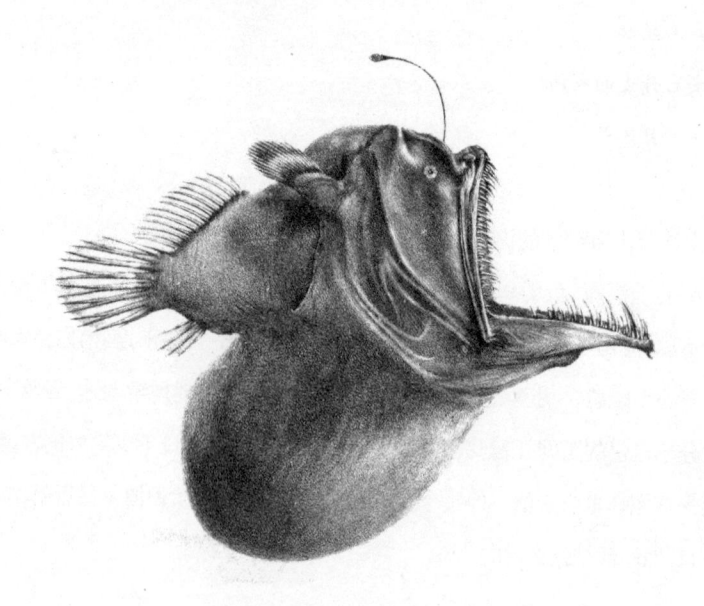

中,鲱鱼数量众多,尤以诺福克郡的大雅茅斯港口为甚。你可以读读博学的卡姆顿在《不列颠志》中的记载,必会倍感惊奇。

好啦,徒儿,话不多说。接下来,再讲我曾读过或听过的鱼塘之事。

勒伯博士博学多才,乃法国人是也。他曾著有《治宅要术》,对鱼塘的建法多有描述。为师建议你通读此书,不过,眼下我就化繁为简吧,还盼与你有所助。

勒伯博士建议,地上水排干后,先将池头的土壤压实,再埋入两三排橡木或榆木桩;入土前,应将树桩烧至全焦或半焦,方能保证长期不腐。在木桩间隙填入小柴把,再覆土壤一层。将土壤和木桩夯实,再用同样方式"造"一堆出来——第二堆木桩的高度应与鱼塘水闸门、或是防洪泄水的排水口高度持平,以免鱼塘决堤。

勒伯博士还说,宜在塘边栽柳树或杨树,择其一或其二皆可。再于树旁沙土最多处堆砌柴把,方便群鱼在此处产卵,亦可保护鱼苗,以免被虎视眈眈的群鱼或害虫所侵。鲤鱼和丁鱥的卵尤需保护,以免遭鸭子或害虫"毒手"。

勒伯、杜布拉维亚和多人都曾对鱼塘选址给出建议:宜选傍水之处,抑或是雨露可滋润处,如此,池水可常换常新,更易群鱼繁衍与进食,肉质亦更佳。

为此,鱼塘尺寸需大,还需有大量砂砾和浅滩供鱼类嬉戏,方能保鱼肉质纯。此外,塘中应有鱼类可休憩处,河岸的洞、河架或树根皆可;如此,鱼类无危险之虞,亦可于炎夏与寒冬觅得一座"行宫"。不过,若塘周植树过多,便常有树叶落水,令鱼类作呕,人类食之亦会犯恶心。

此外,丁鱥和鳗鱼喜泥浆,鲤鱼则偏好池中砂砾地,夏日又喜食水草。或为盈利,或有闲情,都应每三四年清理一次鱼塘,排干塘中水,且在六到十二个月间保持塘中无水;此举既可灭莲花、睡莲和菖蒲之类水草,水草一死,池底亦可生出青草,供鲤鱼在夏日尽情饱食。亦可将池水放干,在池底种燕麦,鱼类进食会更快。此外,亦可借排水之机观察何种鱼在池中增长最多、长势最好,毕竟群鱼繁殖习性不同,食性亦不同。

倘若鱼塘不够大,根据勒伯的建议,应时常向池中投入面包屑、凝乳和谷粒,你宰家禽、家畜吃时,也可拿其下水喂鱼,方能令群鱼感到"慰藉"。勒伯博士说,青蛙和鸭子常常吞食鱼卵和鱼苗,鲤鱼更是首当其冲;关于这一点,我本人亦有丰富经验佐证。勒伯还称,有些月份里的水蛙生得肥美,十分可口;当然了,他毕竟乃法国人士,法国人常食青蛙,我们英国人却不好这一口。不过,勒伯仍建议将水蛙和狗鱼驱出鱼塘。此外,切莫滥杀水鸟,免得扰了池中鱼,伤了它。

要想鲤鱼和丁鱥长得好,塘里就不宜再养别的鱼,因两者的卵可为其它任何鱼所食,即便不被吃得一干二净,恐怕也所剩无几。夏天时,应向池中投入草块喂食鲤鱼;塘中有病鱼时,亦可向其中投入园中土和欧芹,可愈其症。向池中投鱼时,倘若旨在育幼,则每投入雄鱼二三就要放一雌鱼;倘若仅欲养殖、无育幼之打算,便可任意投放,无需顾忌雌、雄比例。

养殖鲤鱼时,最宜将鱼塘建在多石、多砂处;池水要暖,不宜有风;池水不宜太深,且池周亦应种有柳树和绿草,能令池水时而漫于其上。此外,鲤鱼在泥灰坑中最易繁殖,黏土为底、内里干净的坑亦可,新建鱼塘与排空一冬的鱼塘也不错,都好过泥浆横行、野草肆虐的老塘。

好啦,徒儿,杜布拉维亚和勒伯的见闻与探究,我已挑着重要的尽数传授与你,略去的那部分也不过是些寻常见闻,就像一加一等于二一样浅显。我便不再多说了,不妨坐下来歇息一会儿。

渔夫:好啦,徒儿,关于石蛾、小鱼、河流和鱼塘,我林林总总讲了不少,此刻真是精疲力竭,想来你也差不多。不过,眼下就要到托定林了——我们在那里相见,也要在那里别过。为师就再抓紧给你讲讲鱼线的制法,以及如何给制鱼线的毛上色;这些东西,每个渔夫都要学。此外,还需知晓如何给鱼竿、尤其是竿顶上漆;鱼竿顶可是个精巧的物件,不能让它进了水,否则,阴雨天气时,会变得极沉,使着不顺手。倘若漆喷得不够,竿顶也容易腐掉。所以啊,要是幸而有个好顶,就好生保管着吧,我那个可精心保管了二十多年呢。

先讲鱼线。首先,制线用的毛须是圆的,且得干净,不能掺杂或磨损;要知道,精挑细选的毛当是平整、干净,圆圆的,像玻璃般透亮,而这样的上品,韧性自是强于那粗糙、结痂的劣等货三倍,亦不为多。黑色毛鲜少有不圆的,白色毛则大多扁平,表面也不光滑。因此,倘若有幸找到一绺又圆又干净的毛发,且像玻璃那般透亮,一定得好好加以利用。

制线时亦有定规:拧线前需先将毛洗净;选取拧线的毛时,不单要选最干净的,还要选一般粗的,这样拧出的线,可谓"同生共死",伸缩时一起,崩断时亦同步;倘若选取的毛粗细不一,便会时常逐根崩断,让人始料不及。

将线按截拧完后,将每截都在水中放上至少一刻钟,捞起后拧在一块儿,便可连成一条线。如果不这么做,总会有那么一两根毛缩起来,显得比其余的毛要短;钓鱼时,这样的线必会因没下过水而韧性大失,非得再拧一遍才行。这种情况最常见于七根毛拧成的线,且中间那根通常为黑色毛。

毛发染色方法如下:取一品托烈啤酒、半磅煤灰、少量核桃叶汁及等量白矾,将这些材料一并加入锅或小壶之中,煮上半个小时;煮后锅内物晾凉;完全变凉后,将需要染色的毛发放进去,静观其变即可。过一会儿,毛发会变为水色、玻璃色或绿色,且时间越久,颜色越深。要染出其他的颜色,也不是没有办法;然水色和玻璃色已是上上之选,最能帮上渔夫的忙,其他颜色也就没什么大用了。不

193

过,亦不可染得太绿。

倘若非要染得绿一些,也不是没有法子:取一夸特淡啤酒和半磅白矾,与要染色的毛一并放入锅或壶中,慢火煮半小时;煮后将毛取出,等其晾干。上述步骤完成后,向壶中加半加仑水、金盏花两把,在壶口上盖块瓷砖,没有瓷砖也可以用别的,再慢火加热;半小时后,壶中浮渣会变黄;向浮渣中加入半磅碎铜块,将先前晒干的毛加入,慢火熬煮半小时,直到壶中液体半干,再冷却上三四个小时。你会发现,铜块加越多,毛就显得越绿;当然了,染成淡绿便最好。黄色毛一般只用于水草变腐的时节,若要将毛染成黄色,就加大金盏花的比重,减少铜块用量,或干脆以少量铜绿取而代之。

染色之术,为师暂且讲这些。

再讲鱼竿上漆。鱼竿上漆必用油;先将胶水与清水同煮以制浆;胶水溶解时,浆液呈灰色;趁热用短刷或铅笔蘸取浆液,涂于一截木头之上;等浆液在木头上彻底干掉后,取白铅、少许红铅和少许炭黑颜料,调和成灰色,再放入亚麻油中碾碎,弄得粘稠些,用刷子或铅笔在木头上涂薄薄一层——这层可作"底色",方便其他颜色涂于其上。

要制绿色,就取石竹和铜绿,在亚麻油中一并碾碎,越碎越好;再用刷子于木头上涂薄薄一层,且要涂匀。一般来讲,倘若保存得当,涂一层即可;若要涂两层,就得等第一层全干后再涂。

好啦,徒儿,关于鱼竿上漆,我已尽数教授与你。眼下,离着托定林还有一英里地远,不妨傍着这金银花树篱的阴凉走走。为师还想向你一叙心事:自打我俩相见之后,我心情常常愉悦,也有不少思绪,不吐不快。你我师徒一同分享,好一并感恩我主,为人世带来无限快乐,恩泽无边。就在此刻,世间多少人正因结石、痛风和牙疼而卧床不起,饱受煎熬,我们却丝毫不受病痛之扰——相形之下,我们的快乐简直翻了倍,难道不该更感恩上天福泽吗?每免遭一苦难,皆应视为一次恩德,为此也应真心感恩上苍。自打我俩相见后,必有人在期间遭受飞来横祸或断肢之苦;有人为炸药所伤,有人为雷电所劈,你我二人却全然未受任何灾祸,远离世间一切苦痛,这难道不值得欢欣雀跃、心怀感激吗?更值庆幸的是,我们全不用忍受凡人所难捱的良心拷问之苦。既然如此,便让我们心悦诚服地感恩上帝,感激他驱逐灾祸之德——没错,每免遭一灾祸,皆应视为一次恩德。世上多少人,其家财是我们的四十倍还不止,且愿将大半财富拱手相让,只为换取我们的健康和快乐,却求而不得;而我们,花不了几个大子儿,却日日有吃有喝,肆意欢笑,又可随意钓鱼、歌唱,夜里睡得香,早上醒来时也无忧无虑,复又歌唱、欢笑、钓鱼,周而复始;这些个快乐,那些富人即便愿意奉献全部身家,也没有那个福分哇。徒儿,我有一位富邻,生活终日忙忙碌碌,连笑一笑的心情都没有;这人活一世只为赚钱,好再以钱生钱,多多益善。这位富邻现在仍然终日操劳,还引用所罗门的话,说"勤劳的双手创造财富";这话倒是不假。不过,他始终不明白:钱并不能令人快乐。一位贤士曾说,"世间种种悲惨,富贾乞丐均摊。"不过,主倒并未令我们捉襟见肘,而是给了我们一门手艺,令我心满意足,懂得感恩。因此,不要无端苦恼,也不要看到有人比自己富有,就认为上帝不公;只有上帝知道,忧虑正由财富生——财富的"富"亦是作茧自缚的"缚":这些富人白天里精疲力竭,夜里也满心忧虑,未曾像其他人那般安眠。我们看到的"幸福"无非是富人的表象,却鲜少有人能看到表象之下:富人恰如蚕,蚕之蠕动,看似是在戏耍,实则是绞转自己肚腹,不过耗己而已。富人唯恐失财,因而日日殚精竭虑,徒增烦恼,而要说为何敛财,也许他们自己都说不清。且感恩上帝吧,令我们不单身体康健、有一技之长,更不为良心所扰,于心无愧。

徒儿,有一日,第欧根尼[⑧]与友人同游乡村市集;市集上,第欧根尼看到了绸

195

带、镜子、胡桃夹、小提琴、木马和诸多小玩意儿。遍观诸物后,他向着友人感叹道:"天哪,世上竟有这么多我第欧根尼用不着的东西!"事实就是如此;世上多少人为用不着的东西你争我抢,殚精竭虑,忧虑不已。难道有人能理直气壮地控诉上帝,指责他馈赠不足,令世人无法开怀?当然不能;造化本身即是外有不足而心自足的典范啊。话虽如此,却鲜见人不抱怨缺这缺那的;实际上,他们什么也不缺,不过缺乏一种心境罢了——这心境,其实就是他们穷邻居那种不因旁人富有而万般吹捧的平和心境。快乐与平和并非难事,只不过我们总在自寻烦恼罢了。我听闻,有男子嫌自己不够伟岸而愤懑,有女子因不及邻人年轻貌美而打碎镜子。我还听闻,有一男子蒙上帝恩典,身体康健,家财万贯,其妻却天生易怒,且颇有财大气粗之势;这妇人虽没有什么德行,却仗着家里有钱,非要坐教堂中最高的那一排;未能得偿所愿,她竟撺掇自家男人去争抢。没成想,这妇人的邻居也是对夫妇,男的跟她丈夫一样有钱,女的也跟她一副脾性,财大气粗。两个妇人都要争教堂的好位子,先是打了场官司,因着这官司,两家又恶语相向、拳脚不让,继而心中愠怒,又得打官司——毕竟,两家都是有钱人,都非得如了自己的意才罢休。好嘛,这荒唐官司因为富不仁起,直到第一家的丈夫去世,官司还没打完,而他妻子终日愤愤不平、咒天骂地,最终也两腿一蹬,归了西。你看,这财富本是天赋,到头来却成了个咒;这都是因为他们缺少温顺和感恩之心啊,也只有这样的心才能让人快乐。我听闻有一个人,身体康健,家财万贯,坐拥数座美宅,座座都富丽堂皇;然而,他们一家子却总在每间宅子里搬进搬出,自寻烦恼。有位朋友问他为何如此,他说要选出最可心的那一座。这朋友深知他品行,告诉他说,"倘若你性子不改,就别想着能挑一座出来;要是心不温和,意不宁静,你就没法儿满足。"读一读《马太福音》,你会发现主曾说过:

心怀怜悯之人有福了,因为他们能收获怜悯。内心至纯之人有福了,因为他们能见到上帝。谦卑之人有福了,因为天堂是他们的。温柔的人有福了,因为他们必承受土地。

这并不是说温柔的人就不能收获怜悯、面见上帝、受到宽慰并荣登天国,而是说,在通往极乐世界的路上,温柔的人还可因谦卑、愉悦之心拥有这土地,因着上帝的馈赠而心满意足。温柔的人绝不狂暴、苦恼,亦不因奢求而愤愤不平;他不会因别人地位更高、钱财更多而不满,只以温顺、宁静之心享受上帝的恩泽,做那令自己和上帝都开怀的甜梦。

我的好徒儿,我说这些,是为着让你学会感恩:先知大卫曾杀人、通奸,犯下种种最严重的罪行,然而,人们却说他是最得上帝心的人,因为他比《圣经》中提到的任何人都更懂得感恩；这一点，在他所写的赞美诗中亦有所体现。大卫一方面为自己的罪行和不堪而忏悔，一方面为上帝的宽恕和大度而感恩；他心诚如此，竟令上帝称他最得己心。那么，我们也应尽力效仿先知大卫，莫将上帝日常的馈赠当作寻常，因而不懂珍惜、对主不事夸赞；千万别忘了，你我二人相遇后，日日欢乐无忧，这可都是主的馈赠啊，怎能对他不感恩？你我相遇后，见过多少美丽的山川河流、草地花树，而一位盲人，倘若能看见这些，又愿意付出何其大的代价啊！我听说，生来眼盲之人，假若能有一个钟头的视力，他睁眼后第一件事，就是要凝视太阳的万丈光芒，或是霭霭朝霞、或是落落余晖，他会因太阳之美而如痴如醉，纵然世间还有美景万千，也断不愿挪动一丝视线。我们生而视力无损，又日日享受许多别的福报，却因为得来容易而理所当然，全然不记得感恩。我们本不该如此——主造了太阳，又造了人，还护得人周全，赋予人花朵、雨露、胃口、食量，令我们心满意足，又能享钓鱼之乐，我们自当以感恩之心献祭，方能令主开怀。

好啦，徒儿，为师真是力竭了，想必你也大抵如此。我已经看到托定林了；再走一小会儿就该到了；看来，我的长篇大论也该到头了。我之所以讲这些，都是为着叫你生一颗温顺、感恩的心，这也是我希望自己能做到的。如我所说，空有财富而无温顺、感恩之心，任何人都无法快乐。不过，倘若有了这颗心，又拥有了财富，那人世间的大半忧虑和苦恼，便可就此摒除了。所以，为师建议你，要么富得坦坦荡荡，要么穷得心满意足。不过，倘若获利的手段不光彩，一切就都毁了——科桑①曾说，"良心若失，则其人再无可取之处。"你得记住这一点。其次，要注意个人健康：倘若本就身体康健，那么赞美上帝，并将它作为除良知外最珍视之物。对我等凡人来说，健康乃第二珍贵的福报了，且这福报用钱也买不到，因此必须珍惜并为此感恩。钱财乃第三珍贵的福报，也需上心；但是要记住，富贵并非必需品；我说过，痛苦乃贫、富所共享。倘若你家底尚可，便用温顺、愉悦和感恩之心来享受它。徒儿，我曾听一位严谨的牧师说过，上帝有两处居所，一处在天上，一处在温顺和感恩的心中。万能的上帝恰赐予了你、我这样一颗心。好啦，现在我们到托定林了。

　　猎人：师父，多谢您这一路上的教诲。你最后所讲的感恩，徒儿更是永世不忘。我们且在这树荫下歇会儿吧——这树荫真是造化天成，忍冬、野蔷薇、茉莉和香桃木从中交错，仿佛自然的手指编就，倒省得我们受日晒雨淋。既然我们歇下了，我便用一瓶酒和牛奶、橙汁、糖为您调上一杯"琼浆玉液"，权当对您悉心教导的小小回馈；也只有我们渔夫配得上如此佳酿。师父，徒儿给您满上；干了这一杯，我便履行诺言，为您背一遍那诗篇。这诗篇印在亨利·沃顿爵士的某本书上，显然，不是他本人写的，就是某位好垂钓之人写的。来，师父，咱俩喝上一杯，我就给您背；这诗里头讲的都是些乡下人的消遣，正是我与您相遇后享受过的种种：

　　　　颤抖的恐惧

　　　　揪心的忧虑

　　　　焦急的叹息

　　　　不巧的眼泪

　　　　飞向朝廷去

　　　　飞向俗世里

　　　　纵观俗世间

　　　　挤出讽笑脸上挂

　　　　强颜欢笑掩心伤

199

欢笑像出剧
哀伤却逼真

市井之悲惨
快从乡间散
遍赏乡村景
小溪多澄澈
蓝天莞尔笑
乡人日子贫
心平又气和
世人多找寻
遍寻而不得

市井多摧残
安知何处乐
高塔多可鄙
树荫才舒心
时有狂风起
群树多震颤
虽有风暴摧
心宁亦自悠
不闻抱怨声
但闻清泉流

假面与舞会
乡下人从无
唯蓬头稚子
欢笑又跑跳
不见硝烟起
唯小羊斗角
扑入母羊怀
咩咩娇声叫
此间无伤痕
唯见大地新犁痕

此间无陷阱
绝不夺人命
只有痴傻鱼
但见鱼饵美
不见饵后钩
此间亦无妒
唯群鸟赛歌

黑人水下潜
孤溪寻宝石
权且让他去
吾不爱奇珍

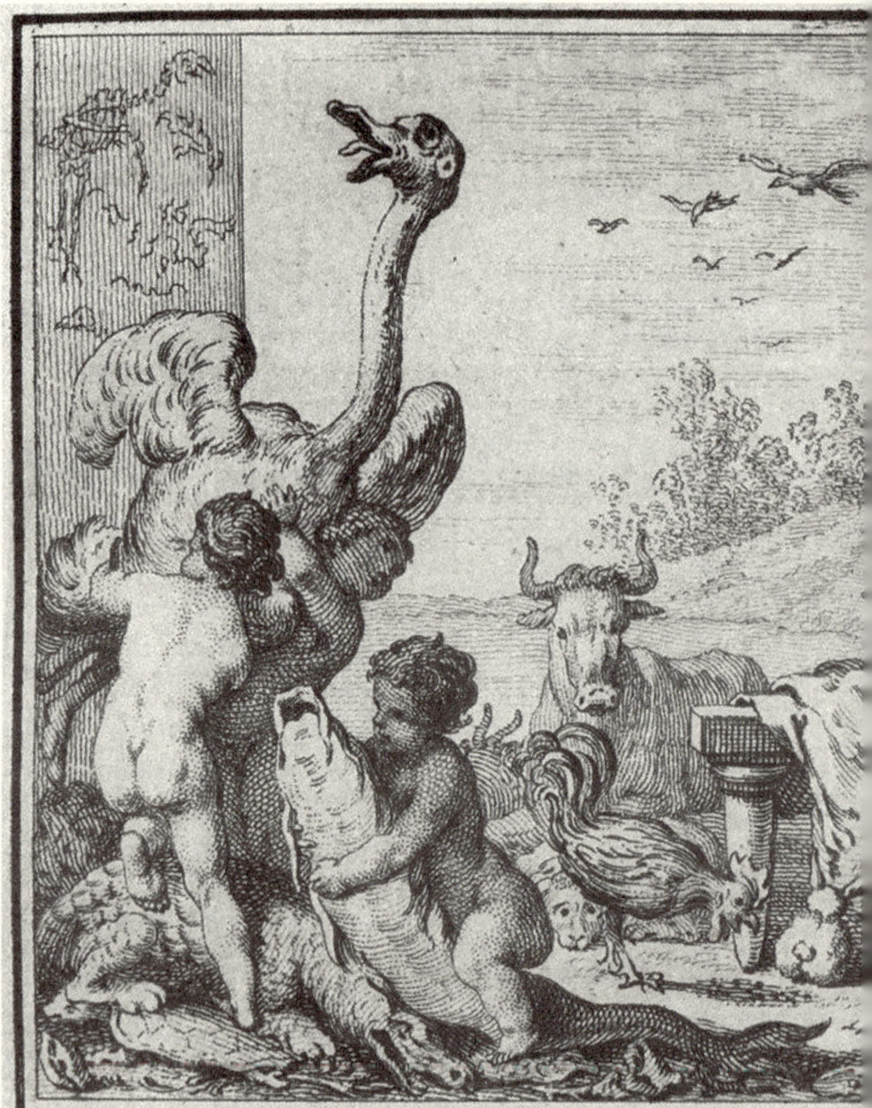

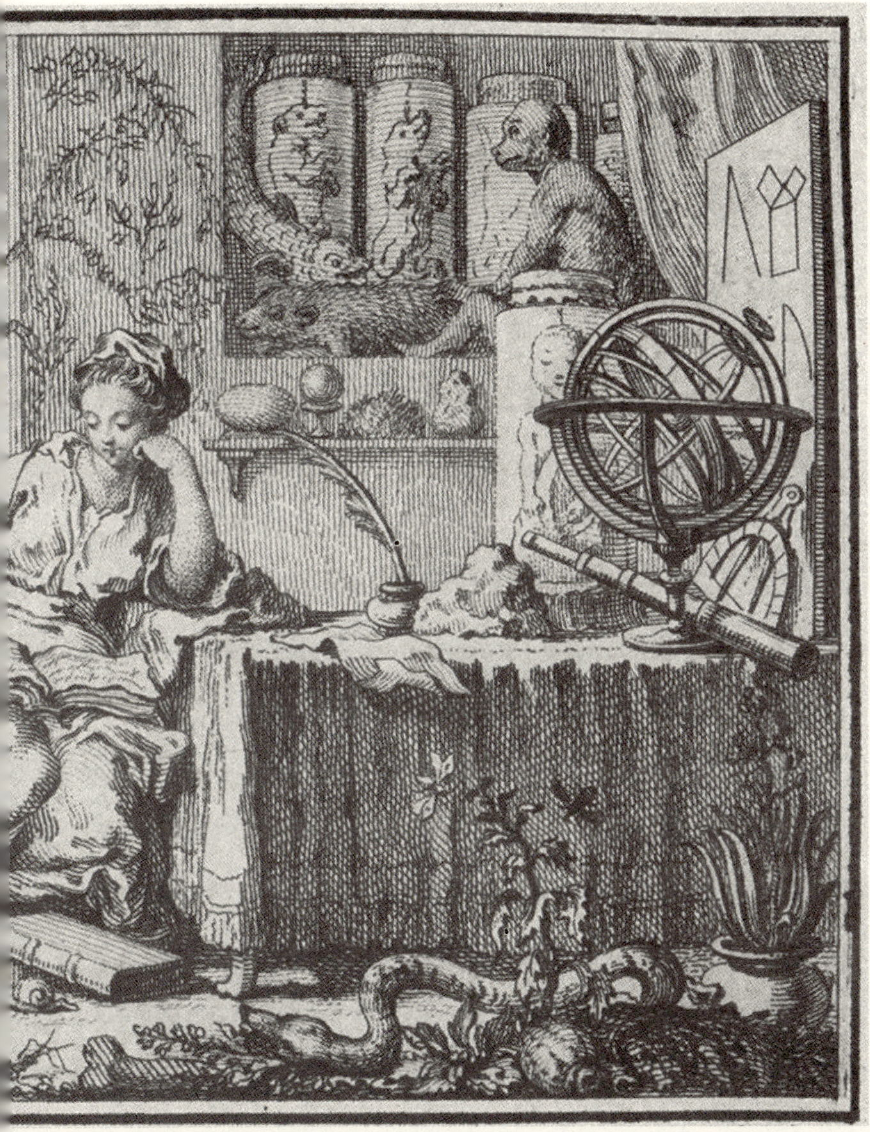

草上凝晨露

时为羊倌踏

乃我心头好

此间无黄金

唯有黄喙鸟

寂静树林中

欢笑乃良药

愿于林中栖

草地、石、川上

溪水涓涓流

溪边亦好眠

世间唯安好

每年皆聚首

共享垂钓乐

渔夫：好徒儿，你唱得真是不错，我该好好谢谢你。这诗篇字斟句酌，显然是一位热爱垂钓之人所写。来，跟我喝上一杯；作为回报，我再为你诵上一首。我要诵的，是一首作别俗世虚荣的诗。有人说这诗出自亨利·沃顿爵士之手；我跟你说过，要论钓鱼，他可是个中好手。不过，不管是谁写的，这作者都必有一颗勇敢的心，作诗时也必满心欢喜：

再见了，镶金的愚蠢，快乐的麻烦

再见了,光荣的槛楼,辉煌的泡沫

名利不过是空响,黄金与尘土无异

所谓荣耀,不过区区一日

所谓美貌,不过是个躯壳

所谓朝廷,无非镶金之牢

将生来自由的灵魂束缚

锦衣绣袍,不过是盛装炫耀

王侯将相之命,唯有天生,千金难买

名利,荣耀,美貌,朝廷,华衣,血统与出身

皆不过大地之花凋零

我愿成就伟大,却见骄阳谦然、与山同齐

我愿高超出世,却见高耸橡树遭天打雷劈

我愿富贵逼人,却见富人为恶人无情践踏

我愿睿智聪敏,却常见狡狐被疑、蠢驴获赦

我愿楚楚动人,却常见骄且美者常如明日

为阴云所遮

我愿清贫自检,却也知微草常为贱畜所踏

富则遭恨,智则遭疑,贫则遭鄙

伟则招惧,美则招涎,高则招妒

曾愿种种为我有

如今断无这念想

伟大或崇高,我断不奢求
富有和睿智,无须为我有
天赋之美貌,也不过了了
唯愿清贫度一生

倘若尘世选我为嗣
美神赞我惊为天人
名利时常伴我左右
财富视我为其宠儿
我亦不能
对脱帽下跪者
趾高气昂
神气活现
令正义之士
口不能言
目不能视
足不能行
或是令蹩脚诗人
在墓碑上刻下蹩脚之诗
尊我为"大师"
也许我亦能成为
至伟、至美、至富、至慧之人
然而

面对这丰沛的馈赠

我却只是敬谢不敏

只愿享受这片刻神谕的欢乐

这欢乐便是予财富也不可得

快来吧,纯粹的思绪

快来吧,寂静的树林

我最爱这些贵客

和这美丽的庭院

天使将为我吟圣歌

为世间添抹春色

祷书如今乃我的窥镜

细品道德之美貌

这书中无嫉恨之脸

无朝政之忧

无誓言之背离

无闻之色变的恐惧

闲坐一旁

叹爱恋之愚蠢

体察神圣的哀伤

若遍寻心满意足而不得

便不再为之彷徨

待到天堂时

复而寻之

猎人：师父，这诗篇真是不错，凡举世人，皆应能诵；我在此谢过了。还要感谢您多日来的教诲，我必永世不忘——圣·奥古斯丁曾在《忏悔录》中赞美好友凡莱公都斯的良善，感恩他借给自己和伙伴一座乡间小舍，得以躲避尘世的烦恼，自我休憩，无忧无虑；您教我钓鱼、与我谈话，也令我得以"脱俗出世"，我对您感激不尽，也必以相同的方式造福后人。您的陪伴与话语令我受益匪浅、欢欣非常，我得说，自从受您教诲、走上渔夫这条路后，才算是不枉活了这一遭。只可惜，此刻我不得不与您分离。我曾在这地方与您初次相遇，那时我满心欢喜；而此刻，这地方只能惹我伤心。且让我们等到五月第九日，那时，还盼着能与您在约定之时、约定之地重逢。此刻，我多么希望能服上一剂安眠药，好令我昏睡过去；离别时光太痛苦，伤人之人常有感。不过，我会凭着想象和希望之力，令这离别的时光过得快些。好师父，苏格拉底教给他弟子的事情，您曾给我讲过：他说，不应因自己是哲学家而指望荣耀加身，而应有德行的生活而推崇哲学；关于垂钓，您也是这般教育我的，我会努力不违师训，并像您所提到的那些可敬之人一样生活。我决心已定。一位虔诚之人曾劝告朋友，若想六根清净，就得常常去到教堂里，去看那坟墓与停尸间，在那里好好想想，光阴在死亡的门槛掩埋了多少白骨。如此，当我心生满足，并笃信神之力量、智慧与万能时，我将从溪旁的草地上走过，思虑着那不劳苦的百合㉚，还有那不为人知却蒙神谕出生、成长的种种小生灵，进而更加笃信神灵。这就是我的愿望。因此，愿世间万物赞美上帝，令圣彼得的福音保佑着我。

渔夫：也保佑所有爱德、信主、心宁和爱垂钓之人——

习得宁静。

注释

① 亨利桥是泰晤士河上的一座桥,位于牛津郡和伯克郡之间,建于1786年。
② 诺福克郡是位于英格兰东北部的一个郡。
③ 所谓"魔法石",即英语中的"the philosopher's stone",是旧时人们认为能将其他金属变为金银、或能令人长生不老的仙石。
④ 玫瑰十字会是在德国成立的一个秘密会社,建于十七世纪初,创始人为罗森·克洛兹。这一学会的人自称掌握了神秘的宇宙知识,并希望借此改造世界。
⑤ 此处,"肉"应指渔夫自行食用的饭食。
⑥ 鸡距指雄鸡的后爪。
⑦ 彼得罗·安得烈·马蒂奥利(1501—1577):意大利医生兼自然学家。他是世界上第一个确定西红柿能食用的人。
⑧ 彼得·海林(1599—1662):英国神职人员,曾就历史、辩论、政治和神学观点书写大量文章。
⑨ 白金汉郡是位于英格兰中南部的一个郡。
⑩ 台伯河是意大利中部的一条河流,流经罗马。
⑪ 特伦特河英文为"Trent";从词源上来讲,以字母tri开头的英文单词多代表三的倍数(译者猜测)。
⑫ 亨伯河是位于英国北英格兰东岸的一个潮汐河口。
⑬ 贝里克郡是原苏格兰的一个郡。
⑭ 阿尔比恩是英格兰的雅称。
⑮ 皮克区是英国德比郡的一个地区。
⑯ 科兹沃尔德是英国著名的乡村地区,风光秀美,引人入胜。
⑰ 胡果·格老秀斯(1583—1645):出生于荷兰,是十七世纪的著名国际法学家,被誉为国际法学创始人。代表作为《战争与和平的权利》。
⑱ 第欧根尼(公元前412—公元前323):古希腊哲学家。他是犬儒学派的代表人物:信奉该学派者崇尚美德,生活简朴,拒绝一切对功名利禄的追求。
⑲ 尼古拉斯·科桑(1583—1651):法国耶稣会会士。
⑳《马太福音》中曾说道,"何必为衣裳忧虑呢?你想,野地里的百合花怎么长起来。它也不劳苦,也不纺线。"